우리들의 우주열차

KB138467

안전가옥 쇼-트 30

최해린 경장편

프레임코리아> 소개> 걸어온 길

㈜프레임코리아는 지구의 비극적인 역사를
직시하면서, 반영구적 지상 대체 플랫폼과 함께
거침없이 미래로 나아갈 것을 약속합니다.

프레임

지구와 달 사이에 위치한 고리형 구조물.
그 위로 국가별 우주 도시 모듈이 도킹하여 지구
반대 방향으로 뻗어 나가게 되어 있음.
완공 연도(서기 2068년)를 기원으로 삼는
BTF(Before the Frame), ATF(After the Frame)
기년법이 전 세계적으로 통용됨.

반영구적 지상 대체 플랫폼

프레임코리아의 주도로 건립된, 대한민국의
우주 도시 모듈. 관련 주요 사건은 다음을 참고.

7~4BTF	빙하기와 부식성 곰팡이로 인해 지구 환경이 회복 불능에 이름.
3BTF	행성 개척파와 지구 잔류파의 갈등이 심화하자, NASA가 '프로젝트 프레임'을 주도.
0ATF	프레임 완공.
5~9ATF	서방 국가 위주의 우주 도시 모듈 확장 시작, 연구자들 및 초기 투자자들이 각국 모듈에 소규모로 이주.
9ATF	대한민국 정부, 국가가 주도하는 우주 도시 모듈 건립안 부결.
* 10ATF	**프레임코리아 출범. 민간 자금으로** 대한민국의 우주 도시 모듈을 건설하여 이를 <u>**반영구적 지상 대체 플랫폼(약칭 '반지')**</u>**으로 명명.**
17ATF	최초의 반지 내 출생자 탄생.
20~30ATF	지구에서 우주 도시를 향한 대규모 이주 시작. 문명 대부분이 우주 도시로 전이됨.
33ATF	프레임 안쪽을 도는 전 세계적 레이스 '가가린컵' 최초 개최.
* 39ATF	**프레임코리아, 기숙 학교 'FK 아카데미'에 세계 최초로 인공 중력 기술 도입.**
* 40ATF	**프레임코리아, 반지 전역에 걸친 인공 중력 장치 설치안 국민 투표 주도. 대한민국, 가가린컵 청소년부 최초 주최국 확정.**

프롤로그

《우리들의 우주열차》속 세계 들여다보기
작품 속 세계의 일부를 이미지로 담아 보았습니다.
주요 배경의 구체적인 모습이 궁금해질 때 확인해 보세요.

[41ATF 12월 27일]

우리 아이들이 먼저 돌아갑니다.

전광판 속의 남자가 환하게 웃는다. 그는 지구 모형을 들고 있는데, 토성과 같이 고리가 달린 것이 특징이다. 고리 위에는 손톱만 한 붉은색 로켓 미니어처가 있다. 빨간 로켓이 지구로 뛰어내리더니, 한 채의 건물처럼 땅 위에 우뚝 선다. 곧 화면이 흐려지고, 명랑한 음악과 함께 '프레임코리아'라는 회사명이 쓰인 로고가 나타난다.

"얼른 끝내자."

나는 고개를 저으며 팀원들을 향해 말했다. 저 광고만큼 꼴 보기 싫은 것도 없다.

프롤로그

우주선의 속력을 최대로 높이자, 불쾌한 광고가 잔상이 되었다가 사라진다. 양옆으로 보이던 건물들도 흐릿한 선 덩어리가 되어 버리고, 정면에 보이는 적갈색 기둥만이 또렷이 남는다. 곧 우주 도시를 박차고 날아올라, 뾰족한 끝부터 지구로 떨어질 로켓 FK-24호다. 우리는 저 로켓이 지구에 도착하기 전에 그 속의 내용물을 가로챌 작정이다.

일련번호를 읽을 수 있을 정도로 발사대와 가까워지자 나는 일부러 우주선의 고도를 높인다. 그러자마자 맞은편에서 로나가 무전을 쳐 온다.

"인공 중력 영역 진입, 7, 6, 5, 4⋯."

3, 2, 1.

좀처럼 익숙해지지 않는 카운트다운이 끝나면, 허공을 노닐던 우주선이 내려앉는다. 나 역시 외면해 왔던 온몸의 무게를 고스란히 받아 내야 한다. 숨이 가빠 오고, 귀가 먹먹해진다. 이 감각에 휩쓸려서는 안 된다. 조종석 앞의 빨간 버튼을 누르자 엔진이 거칠게 울부짖는다. 바닥과 충돌하기 직전에 다시 날아오른 것이다.

FK-24호가 새까만 연기를 사방으로 내뿜으며 우리 머리 위의 인공 대기층을 뚫고 지구로 향한다. 나는 로켓과 평행하게 위치를 맞춘다. FK-24호와 내 우주선은 나란히 위로 떨어진다. 이제 로나를 비롯한 팀원들 차례다.

"스텔스 가동 완료."

로나의 무전이 들려오자마자, 로켓이 내뿜는 연기 사이로 내 우주선이 완전히 스며든다.

"연결 튜브 장착 완료."

드론을 움직이는 다른 팀원의 목소리다. 연결 튜브를 운반해 온 낡은 드론들이 FK-24호의 표면에 모여들어 스파크를 일으켰다가 흩어진다. 다시 내 차례다. 먼저 FK-24호와의 거리를 좁힌다. 내 우주선은 로켓의 기다란 몸통에 간신히 안착한다. 팀원들이 FK-24호의 표면에 설치해 둔 연결 튜브가 내 우주선 운전석의 문에 도킹하듯 달라붙기를 기다리며, 우주선 바퀴 사이에 있는 얇고 둥근 칼날을 로켓 표면으로 내려 회전시킨다. 곧 칼날이 로켓 표면을 뚫고 꽂힌다.

바퀴가 있다는 말을 통해 짐작한 사람도 있겠지만, 이 우주선은 원래 열차였다. 자세히 말하자면 무궁화호다. 수십 년 전까지만 해도 지구의 철로 위를 달렸을 기차가 이제 우주 공간에서 강탈 작전을 수행하는 중이다.

우리의 목표물인 FK-24호는 머잖아 지구의 대지에 착륙해, 지상에 구비된 재료로 보강을 거친 후 그 자체로 하나의 건물이 될 것이다. 하지만 로켓을 건물로 활용한다는 것은 표면적인 의도에 불과한데, 저 안에는 건설용 합금과 비교도 안 될 만큼 값진 것이 들어 있다.

금속성의 철컹거림과 함께, 팀원들이 FK-24호에 꽂은 연결 튜브가 내 우주선의 운전석 문과 이어진다. 행동을 개시하라는 신호다. 운전석 의자에서 내려 무거운 몸을 이끌고 달렸다. 두 발로 움직이는 건 언제나 고역이다. 모든 뼈와 장기가 피부를 뚫고 나와 바닥에 떨어질 것만 같거든.

하지만 저 로켓 안에 있는 50여 명의 아이들은 나보다 훨씬 아파하고 있을 것이다. 멈춰서는 안 된다.

연결 튜브로 들어가 그 속을 기어 FK-24호로 건너가자, 번데기 같은 침낭들이 눈에 들어온다. 일고여덟 살쯤 되어 보이는 아이들이 인공호흡기를 단 채 깊은 잠에 빠져 있다. 나는 침낭의 잠금장치를 하나하나 해체하고, 마취 가스를 뿜는 장치를 침낭에서 분리한 뒤 깨어난 아이들을 무궁화호 객실의 문으로 인도한다.

"애들아, 저쪽으로! 그렇지. 천천히…."

이상하리만큼 쉽다. 지금껏 이런 구출 작전을 몇번이고 수행해 왔지만, 지금처럼 매끄럽게 일이 진행된 적은 없었다. 보통 두려움에 떠는 아이들을 움직이게 만드는 데 훨씬 많은 시간이 필요하다.

FK-24호의 아이들은 내 말을 너무 순순히 따른다. 시키지도 않았는데 줄을 서기까지 하다니. 의아해하면서도 아이들을 전부 무궁화호에 태웠다.

아나 다를까, 객실 문을 닫자마자 무궁화호 운전석에서 필사적인 느낌의 사이렌이 울린다. 누군가가 우리를 쫓아오고 있다.

"스텔스 제대로 켠 거 맞아?!"

황급히 연결 튜브를 떼어 내리려던 나는, 무의식적으로 고개를 돌렸다가 추격자와 정면으로 마주하고야 말았다. 삼각기둥형의 자색 우주선. 각 면에 달린 섬세한 기계 팔이 나를 향해 뻗어 온다.

"세 번 검사했거든!"

로나가 내 말에 항의했다. 반지 최고의 위장 기술자인 로나가 실수했을 리 없다. 그렇다면 저 우주선이 차폐막 너머를 꿰뚫어 볼 수 있거나, 우리가 이곳으로 올 거라는 사실을 미리 알고 있었다는 말이 된다. 어느 쪽이든 불가능하다. 내가 지시도 내리지 못하고 굳어 버리자, 무전기 너머로 팀원들의 고함이 들려온다.

"연결 튜브, 지금 떼야 해!"

나도 알고 있다. 그런데도 꼼짝할 수가 없다. 이쪽으로 맹렬히 다가오는 자색 우주선에게서 왠지 모를 익숙함을 느꼈기 때문이다. 마치 오랫동안 알고 지냈던 사람, 한참을 기다렸던 사람을 만났을 때처럼.

"리더!"

팀원들이 다급히 나를 부른다. 정체불명의 우주선이 눈 깜짝하면 닿을 정도로 가까워졌다. 지구 대기권과의 거리도 좁혀졌다. 어물거리다가는 지구로 추락하기도 전에 대기권 진입 과정에서 발생하는 열기로 인해 모두 녹아 버리고 말 것이다.

돌겠네.

1.
잘 있어라, 멍청이들아

40년 전, 인류는 우주에 새로운 세상을 만들었습니다. 이제 그 세상의 마지막 조각을 맞출 차례입니다. 곧 실시될 사전 투표 및 본투표에서 찬성표를 던져 주시면, 한국의 반영구적 지상 대체 플랫폼은 세계 최초로 인공 중력 기술을 전면 운용하게 됩니다. 사전 투표 인증 샷을 남겨 주신 분들께는 추첨을 통해 가가린컵 청소년부 관람 티켓을 제공합니다. 프레임 완공 40주년 행사를 당신의 손으로 완성할 기회, 놓치지 마세요!

— 여러분의 반지 생활 지킴이, 프레임코리아.

사전 투표: 6. 14.~15. 본투표: 6. 19.

처음부터, 그러니까 내가 열네 살이 되던 해로부터 이야기를 시작해 보자.

잘 있어라, 멍청이들아

룸메이트 사미타의 옷가지들이 내 위를 떠다녔
다. 아슬아슬하게 머리카락에 스치기도 하는데, 절
대로 떨어지진 않는다. 사미타가 위에서 스웨터를
낚아채자 오싹한 감각과 함께 머리에 정전기가 일
었다. 사미타가 옷을 집어넣다가 힘을 잘못 주는 바
람에, 그의 캐리어가 내 정수리에 부딪혔다. 우리는
가볍게 웃어넘겼다. 중력이 없는 곳에서 한 방을 공
유하다 보면, 상대의 물건에 머리를 찧는 일 정도는
자주 일어나기 마련이다. 세탁조 같은 원통형의 공
간에서 두 사람이 각자 떠다니고 있는데 행동반경
이 겹치지 않을 수 없지. 짐을 다 싼 사미타는 방을
나서려 들었다. 나는 어떤 답이 돌아올지 뻔히 알면
서도 굳이 물었다.

"가게?"
"가야지."

단체 전학의 마지막 날이었다. 사미타를 비롯한
칠색원 아이들 대부분이 떠날 채비에 열심이었다.
'FK 아카데미'가 칠색원 아이들을 전액 장학생으로
받아들이겠다고 선언한 게 이 전학 러시의 시작이
었다. 프레임코리아 산하의 신식 기숙 학교에서 먼
저 손을 내밀자, 이를 거절하는 부모는 없다시피 했
다. 지구 학부모들의 연락을 받느라 원장실의 통신

장치가 과열될 정도였다고 한다.

우리의 일거수일투족을 통제하는 원장 선생님께서도 친권 앞에서는 힘을 쓰지 못하셨다. 칠색원은 어디까지나 임시 보호소였다. 우주 도시 '반지'로 이주할 여건을 못 갖춘 가정에서 먼저 우주로 올려 보낸 자식들과, 반지에서 태어났지만 여러 가지 이유로 부모와 떨어진 아이들을 얼마간 맡아 주는 곳. 나는 FK 아카데미로 가지 않고 칠색원에 남기로 한 몇 안 되는 아이 중 하나였다. 그러니 사미타가 짐을 싸는 동안 창문 너머의 별이나 보고 있었지.

"가자. 여기서 가만히 있는 사이에 애들 몰려서 복도 막히겠다."

사미타의 등을 떠밀었다. 배웅도 할 겸 로비에 가고 싶었다.

손때 묻은 수송 드론이 복도에서 대기하고 있었다. 녀석은 사미타가 던진 캐리어를 네 다리로 낚아채더니, 삐빅거리면서 얼른 올라타라고 재촉했다. 나는 사미타가 드론에 타는 동안 복도 벽면의 쇠로 된 안전바에 안전줄을 걸었다. 가까운 거리는 되도록 직접 이동하고 싶었다. 지구 사람들이 땅에 발을 내디뎌 걷는다면, 우주 도시에 사는 사람들은 안전바에 안전줄 고리를 건 다음 안전바를 손으로 잡고 몸을 진행 방향으로 내밀면서 이동한다.

잘 있어라, 멍청이들아

사미타는 순식간에 사라졌다. 그 애를 태운 드론의 속도를 따라잡으려 했지만, 결국 몇 번의 헛손질 후 공중에서 버둥거리는 게 내가 할 수 있는 일의 전부였다. 사실, 허리춤의 거추장스러운 안전줄만 떼어 내면 드론만큼 빠르게 움직이지 못할 이유가 없었다. 열 살도 되지 않은 아이들도 재밌다며 풀어 젖히는 게 안전줄이었다.

하지만, 나는 물리적으로 날 붙잡아 주는 존재가 없으면 어느 순간 원자 단위로 분해될 것만 같아 웬만하면 안전줄을 썼다. 어느덧 내 안전줄의 고리가 안전바 끄트머리에 이르렀다. 팽팽해진 안전줄이 내가 더 이상 전진하지 못하도록 붙들었다. 한숨을 내쉬며 안전줄 고리를 풀고, 조금 신경질적으로 다음 안전바에 걸었다. 금속끼리 부딪힐 때 특유의 오싹한 마찰음이 났다.

칠색원 3고리의 로비에 아이들과 드론들이 벌떼처럼 모여 있었다. 건물 밖으로 통하는 시설이 중앙 엘리베이터 하나뿐이기 때문이었다. 중앙 엘리베이터가 고장 나기라도 하면 우리는 영락없이 이곳에 갇히게 될 게 뻔했다. 일곱 개의 고리가 연결되어 만들어진 큰 건물인데 출구는 하나밖에 없다니.

인간과 기계의 군집에서 벗어나 로비의 가장자리로 향했다. 3고리 로비의 외벽은 강화 유리판이어서 그 자체가 창문이나 마찬가지였다. 거대한 창에 두 손을 댄 순간, 누군가 내 어깨를 건드렸다. 사미타였다. 인파가 줄어들 때까지 기다렸다 나가기로 했다고 그 애가 말하자, 이젠 혼자라는 생각에 흩어지기 직전이었던 내 몸이 친구의 손을 중심으로 재조립되었다. 나는 일부러 사미타를 보지 않고 창밖의 새하얀 지구를 내다보았다.

"영영."

"응?"

"안 질려?" 사미타가 물었다.

그 애가 내 한 글자짜리 이름을 '영영'으로 늘여 부르는 것에는 금세 익숙해졌지만, 지구라는 새하얀 구슬은 매번 새로운 느낌으로 반짝였기에 쉽게 익숙해지거나 질릴 리가 없었다. 나는 약간 들뜬 목소리로 말했다.

"가끔은 타이밍이 맞을 수도 있잖아. 우리도 모르게 눈이 마주치는 거지. 우린 지구를 내려다보고, 부모님은 반지를 올려다보고."

헛웃음인지 한숨인지 모를 사미타의 숨결이 귓가를 스쳤다. 그는 "현실을 살아." 같은 말을 하지 않기 위해 안간힘을 쓰고 있을 것이다. 우리가 룸메이트로 지정된 직후에, 사미타가 수업도 듣지 않고 창밖을 보러 로비로 나가던 나에게 그런 말을 했다가

잘 있어라, 멍청이들아

서로 싸우게 된 적이 있었다. 부끄러운 옛날 일이다. 사미타가 조금 전 그 말을 반복했더라도, 난 아무렇지 않게 넘겼을 것이다.

영혼에도 세포라는 게 있다면, 내 영혼의 세포들은 이미 칠색원에 있는 몸을 떠나 지구에 가 있을 게 분명했다. 나는 내가 태어나 자란 곳을 기억하려고 애쓰며, 목에 건 필름 카메라를 만지작거렸다. 깊게 새겨진 글자들이 언제나처럼 손가락 끝에 닿았다.

40ATF.06.16.

카메라에 새겨진 날이자 엄마가 나를 데리러 오겠다고 약속한 날까지는 불과 하룻밤만이 남은 상황이었다. 과거 지구의 색과 같은 푸른색 가죽 카메라 케이스 위의 불가사리 스티커는 그 약속의 증표였다. 내 오른쪽 눈가에도 비슷한 모양의 점이 있다. 이따금 꿈속에서, 어려진 나는 엄마와 거울을 보며 그 점에 불가사리 점이라는 이름을 붙였다. 얼굴조차 모르지만 꿈속에서 본 엄마가 언젠가 나를 데리러 오리라 생각하면 저절로 마음이 차분해졌다. 나는 그저 엄마를 기다리기만 하면 됐다.

사미타가 말없이 내 어깨를 토닥였다. 동정심에서 기인한 행동이었을 것이다. 쓸쓸히 남게 된 나를 위로해 줘야겠다고 생각했겠지. 괜찮다고, 나도 내일이면 이곳을 떠날 거라고 말해 주고 싶었다. 하지만 꾹참았다. 중요한 계획은 **절대로** 입 밖에 내면 안 된다.

"잘 있어라, 멍청이들아!"

저 한마디에 사람들이 떠드는 소리로 폭발할 듯
하던 로비가 잠잠해졌다. 한 소녀가 인파 속에서 불
쑥 나타나, 자기보다 서너 살은 어려 보이는 어린아
이들을 가볍게 밀어내고, 활짝 열린 중앙 엘리베이
터를 향해 몸을 날렸다. 몇몇 아이들은 그를 경이롭
다는 듯 쳐다보기도 했다. 이 광경은 칠색원에 사는
사람이라면 두 달에 한 번꼴로 보는 진풍경이자, 내
가 아무에게도 엄마 이야기를 하지 않은 이유였다.
나는 소녀의 돌발 행동이 어떻게 끝날지 잘 알고 있
다. 섣부른 행동은 으레 계획한 바와 다른 결말을 불
러오는 법이다.

호기롭게 모두를 멍청이라고 부른 소녀는, 빠르
게 닫힌 엘리베이터 문에 가로막혀 엘리베이터 안
으로 들어가지 못한다. 입고 있는 검은 후드 집업 끄
트머리가 문틈에 끼어 그 자리에서 도망치지도 못
한다. 금세 무력해진 소녀는 경보를 듣고 나온 드론
세 대가 자신의 옷을 엘리베이터 문틈에서 빼낼 때
까지 기다린다.

드론들은 이 일을 처리하는 데 능숙하다. 소녀의
바지 허리춤에 달린 안전줄을 안전바에 고정한 뒤
손발을 구속하고, 소녀의 크로스 백 안을 뒤적거린
다. 이윽고 그들은 집게 끝으로 스파크가 튀는 보안
카드를 들어 보인다. 손수 개조했을 게 분명한, 난잡

한 구조의 기판이다. 카드를 가루로 만들어 버린 드론들은 사나운 개처럼 이를 가는 소녀의 주위를 맴돈다. 마지막 단계를 기다리는 것이다.

"캐서린."

원장 선생님이다. 교육과 선도를 대부분 드론에게 맡기시는 분이지만, 캐서린 선배가 난리를 부리면 금방 뛰쳐나오시곤 했다. 선생님은 소리를 지르시지도, 인상을 쓰시지도 않는다. 2m에 가까운 키를 통해 싸늘한 분위기를 만드는 것으로 충분하다. 다른 아이들은 여기에 압도당하지만, 캐서린 선배는 도리어 눈을 치켜뜬다. 저 눈빛을 똑바로 마주한 사람들은 선배가 몇 번이고 다시 탈출을 시도하리라 짐작할 수밖에 없다. 하지만 원장 선생님 역시 몇 번이고 선배의 허리를 한 팔로 감싸 짐짝처럼 들어 버림으로써 선배를 제압할 것이다.

선배의 탈출극은 그렇게 다시 한번 막을 내린다. 마지막에 소리를 지르지만 않았어도 성공했을 텐데. 자기 위치를 알리는 게 본인의 가장 큰 실책이라는 걸 모르는 모양이었다.

"너 서린 선배랑 룸메이트 되는 거 아냐?" 사미타가 짓궂게 물었다.

"두 살이나 차이 나는데?"
"아니, 뭐…. 남은 사람도 얼마 없을 테니까."

사미타를 비롯한 내 또래들이 캐서린 선배를 친근하게 '서린'이라 부르는 것이 내게는 미스터리였다. 허구한 날 실패하는 사람을 왜 좋게 보는 건지. 하지만 남 이야기로 우리의 마지막 날을 망치지는 않기로 했다.

로비는 다시 아이들의 실없는 수다로 가득 찼고, 캐리어를 얹은 드론이 신호음으로 사미타를 불렀다.

"가야겠는데." 사미타가 말했다.

이 말을 듣자마자, 내 몸이 멋대로 경계 태세를 갖추었다. 양팔에 소름이 돋았고 얼굴 근육이 얼어붙었다. 나는 영문도 모른 채 몸이 시키는 대로 사미타를 조금이라도 더 오래 붙잡으려 들었다.

"가기 전에 마지막으로 사진이나 찍을까?"

사용 가능한 필름은 서너 장밖에 없었는데, 엄마와의 만남을 기록하기 위해 남겨 둔 거였다. 하지만 사미타가 금방이라도 떠날 기세였던지라, 나는 손에 잡히는 모든 수를 휘둘러야만 했다.

사미타는 내가 쩔쩔매는 이유를 찾아 붙잡으려는 것처럼 손을 쥐었다 폈다.

"세연이 찾아?"
"응? 그래…. 맞아, 세연이."

나는 자연스러운 거짓말로 상황을 무마했다. 세

연이는 자기 나이대 아이들과 어울리지 못하는 아홉 살짜리 아이다. 그 애도 칠색원에 남을 예정이었기에, 우리는 함께 사미타를 배웅하자고 약속했다. 무슨 일이 일어난 게 아니고서야 세연이가 약속을 어길 리 없었다. 사미타에게 기다려 달라고 부탁하고, 엘리베이터 앞의 아이들로 이루어진 바다에 뛰어들었다.

수박 모양 장식이 달린 머리끈과 빨간색 운동화를 찾아 사람들 사이를 헤집고 다녔다. 조곤조곤한 말소리가 들릴까 귀를 쫑긋 세우기도 했다. 하지만 눈에 띄는 것이라곤 들뜬 마음에 허공에 뜬 채로 발을 휘젓는 남자아이들밖에 없었고, 들리는 것이라곤 쓸데없는 수다뿐이었다. 어떤 아이가 FK 아카데미 전학을 준비하며 받은 혈액 검사 흔적이 훈장이라도 된다는 듯 자랑하자, 다른 아이가 물었다.

"FK 아카데미에서는 걸어 다닐 수 있어?"
"그럴걸, 거긴 인공 중력 있잖아. 한무 완전 천재야."

나는 도리질로 그 동경 어린 대화를 떨쳐 냈다. 재벌 2세에 대기업 사장인 한무가 아무 속셈 없이 너희한테 잘해 주겠어? 지금 애가 사라졌는데 그게 중요해? 정말이지 죄다 멍청해 보였다. 아는 얼굴이 보일 때마다 세연이를 봤냐고 물었지만, 답은 돌아오지 않았다.

"세연이 혹시 면접 잡혔어?"

군중 속에서 누군가가 물었다.

"설마."

말은 그렇게 했지만, 카페인 튜브를 동시에 세 개는 짜 먹은 것처럼 심장이 요란하게 뛰었다. 안전줄을 사용하는 것도 잊고 2고리의 기숙사로 향했다.

입양은 심심찮게 일어나는 일이긴 했다. 칠색원은 학교인 동시에 보육원이었으니까. 학부모가 3년이상 양육비를 지급하지 않고 별도의 연락도 취하지 않으면, 칠색원은 자의적으로 우리를 입양 보낼 수 있었다.

그런데, 몇 주 전부터 입양 절차에 관해 이상한 소문이 돌았다. 누군가의 입양 이야기가 나오면 언제부턴가 매번 똑같은 사람이 찾아왔다는 것이다. 원장실 문 너머에서 입양 면접 내용을 훔쳐 들은 아이들이 말하길, 그는 굵은 목소리의, 기침이 잦은 아저씨였다. 그가 다녀간 다음 날이면 면접을 본 아이는 온데간데없이 사라졌다. 본인의 의사를 묻는 과정이나 또래들의 배웅도 전부 생략되었고 말이다.

세연이가 그 아저씨와 만나는 상상을 하니, 엄마를 핑계로 애써 외면해 왔던 공포가 단번에 밀려왔다. 세연이는 이미 사라져 버렸을지도 모른다. 나 또

잘 있어라, 멍청이들아

한 머잖아 똑같은 처지가 될 수도 있다. 좀처럼 진정이 되지 않아 괜한 걱정이라고 스스로를 다독여야 했다. 허둥지둥 움직이는 바람에 칠색원의 고리와 고리를 잇는 좁은 사다리 관을 지나는 동안 등이 벽에 몇 번 부딪혔다. 욱신거리는 등을 부여잡고 세연이네 방과 연결되어 있는 2고리 복도에 도착했다. 숨을 헐떡이며 동그란 문에 노크하려는데, 순간 뒤에서 낯선 기척이 일었다.

급히 돌아봤지만 희미한 기침 소리만 들려올 뿐, 눈앞의 복도는 텅 비어 있었다. 괜스레 더 불안해지는 마음을 다잡기 위해 주먹질하듯 문을 두들겼다. 방 안은 조용하기만 했다.

문을 조심스레 열었다. 원통형의 방에는 아무도 없었다. 벽면에 투사된 동그란 홀로그램이 내 눈길을 끌었다. 고리를 두른 지구 모양의 트로피를 안고 활짝 웃는 여자의 사진이었다. 본 적이 있었다. 올가 보스토코바. 아마 가가린컵의 2대 우승자였을 거다. 세연이는 최초의 경기가 짜고 치는 쇼에 가까웠던 만큼 두 번째 우승자야말로 진정한 첫 우승자라고 조잘거리곤 했다.

가가린컵은 프레임의 안쪽, 그러니까 지구를 바라보고 있는 면 전체를 경기장으로 쓰는 우주선 레이스다. 초기 우승자들은 지구에 남아 있는 사람들을 우주 도시로 데려오는 데 상금을 사용해서, 우주 도시의 개척자라고 불리기도 했다. 그들로 인해 대이주가 시작되었다고 해도 과언은 아니었다. 그 역사적 가치와 스타성 때문인지, 세연이를 비롯한 칠색원 아이들은 가가린컵 선수들의 사진으로 방을 꾸미는 경우가 많았다. 지구 시절의 영화 포스터를 방에 붙이기 바쁜 나와는 전혀 다른 취향이었다.

몇 달 전, 나는 세연이에게 가가린컵 우승자를 만나게 되면 무슨 말을 하고 싶은지 물어보았다. 그러자 세연이는 고개를 갸웃거리며 "굳이 만나야 해?" 하고 되물었다.

"만나고 싶은 게 아니야?"
"당연히 되고 싶은 거지."

세연이의 당돌한 대답에 신선한 충격을 받았던 기억이 있다.

"이번에는 청소년부 경기도 생긴대!"라며 꼭 쥔 양 주먹을 흔들면서 기뻐하던 모습이 아직도 눈에 선하다. 경기에 나가고 싶냐고 묻자, 세연이는 사뭇 진지한 표정을 지어 보였다.

"당연하지. 근데 우리는 칠색원 밖으로 못 나가니까 슬퍼. 나갈 수 있다고 하더라도 코치해 줄 사람 하나 없는 데다가, 다원 쌤 우주선은 낡아서 써먹을 수도 없고."

"아홉 살이 청소년부에 들어갈 수나 있어?" 분위기

가 침울해지려는 것 같아 나는 장난스럽게 웃었다.

"올해 생기면 나 열다섯 살 될 때까진 하겠지!" 세연이는 토라진 투로 맞받아쳤다. 분위기 전환 대성공이었다.

그랬던 세연이가 온데간데없었다. 허망한 마음에 방 안 이곳저곳을 살피다가 문득 출입문의 오른쪽을 바라보았다. 굽은 벽면에 접착식 메모지가 붙어 있었다. 모두가 전자 패드를 쓰는 칠색원에서 종이에 메모를 남길 사람은 원장 선생님밖에 없었다. 아니나 다를까, 종이에는 정갈한 손 글씨로 이렇게 쓰여 있었다.

세연,

급하게 입양 면접이 잡혔으니 점심시간 끝나고 가능한 한 빨리 원장실로 오렴.

- 다원 t.

괜히 종이를 구겼다. 입양 과정이 얼마나 수상한지는 둘째 치고, 차라리 잘된 일일지도 몰랐다. 정체 불명의 대부호가 거금을 들여 세연이를 우주선 파일럿으로 키워 줄지도 모르는 일 아닌가. 분하고 씁쓸한 기분이 들어 목에 건 필름 카메라를 만지작거리며 세연이의 방을 나섰다.

사미타가 기다리고 있을 3고리 로비로 빠르게 돌

아가려고 했다. 하지만 이내 두꺼운 천에 가로막혔는데, 그 천의 정체는 원장 선생님의 코트 자락이었다. 선생님께서는 연필과 종이, 그리고 서류철을 들고 계셨다. 나는 도망치려고 했다. 저 종이에 내 이름이 적히는 순간 나도 어딘지 모를 곳으로 끌려가게 될 것만 같았다. 빈틈을 찾아 재빨리 오른쪽 벽에 달라붙었지만, 선생님도 같은 방향으로 움직이셨다.

"영." 선생님의 목소리는 언제나처럼 단조로웠다.

"세연이는 이미 갔어요? 데려가신 거예요?"

내 질문에 선생님은 아무렇지도 않다는 듯 "그랬네." 하고 답하시더니, 들고 있던 서류를 천천히 훑어보셨다.

"너도 내일 3시에 면접을 볼 거란다."
"네?"

선생님이 코트 주머니를 뒤적이시자, 세연이의 방에 붙어 있던 것과 같은 연노란색 종이가 삐져나왔다.

"메모지가 다 떨어져 가는데 잘됐네. 세연이가 이미 나갔으면 더 붙일 필요가 없지."

원장 선생님은 자리를 뜨려고 했지만, 이번에는 내가 그 앞을 가로막았다.

"제가 왜 입양을 가요." 나는 엄마와 만나기로 한

잘 있어라, 멍청이들아

날짜가 새겨진 카메라를 들어 그것이 법적인 서류라도 된다는 양 선생님 앞으로 들이밀었다. "곧 엄마가 오실 텐데, 어떻게 저를 맘대로….."

"맘대로 보내는 게 아니란다."

선생님께서는 내 말을 끊더니, 엄지로 텅 빈 복도를 가리키셨다.

"여기 남아서 뭘 하겠니?"

나지막한 목소리가 내 귀에 꽂혔다. 여기 남는 예닐곱 명을 위해 이 큰 건물을 돌릴 수는 없어. 너만 가는 게 아니야. 선생님의 말씀 속에 숨겨진 메시지가 나를 타일렀다.

"그래도 내일은 안 돼요. 내일은 저희 엄마가….."

"데리러 오시는 날이라고?" 선생님은 눈을 굴리시더니 관에 못을 박듯이 말씀하셨다.

"안 그럴걸."

할 말을 전부 빼앗긴 내 입은 꿰매져 버렸다. 선생님 역시 더 이상 말을 잇지 않고 나를 내려다보시기만 했다. 내가 아닌 다른 누군가를 보고 있는 것만 같아 견디기 힘들었다.

"네 어머니가 얼어붙은 지구에서 동사했든 부식성 곰팡이에 잡아먹혔든 내가 신경 쓸 일은 아니지만, 헛된 기대는 하지 말렴."

원장 선생님은 냉철하신 분이었다. 칠색원의 유일한 인간 교사이심에도 가끔은 드론보다 더 로봇처럼 느껴졌다. 그런 분이 강한 감정을 실은 듯한 말씀을 하시니 뼛속까지 저릿해져 왔다. 울음이 터져 나오려는 걸 간신히 참았다. 확신하기는 어려웠지만, 선생님의 눈머리도 반짝이는 것 같았다.

　　"그러면 통신 모듈이라도…." 사용해서 엄마와 연락하면 내 기다림이 헛되다는 선생님의 오해를 풀수 있지 않을까? 순간, 선생님께서 갑자기 나를 들어 올리고 내 안전줄을 복도 안전바에 거는 바람에 말을 매듭짓지 못했다.

　　"너희가 통신 모듈을 못 쓰는 건, 저 아래에서 일어나는 슬픈 일들은 전부 선생님이 감당해야 하기 때문이란다. 그게 어른의 일이거든."

　　선생님께서는 뒤로 물러나 말씀을 이었다.

　　"네 어머니는 10년 넘게 연락 한 번 없으셨어. 그러니 친구들이랑 작별 인사 마치고, 떠날 준비를 하렴. 마지막 날이니까."

　　숨을 쉴 수 있다고 해서 매 호흡이 버겁지 않은 건 아니다. 온몸을 옥죄어 오는 세상을 심호흡으로 간신히 버텨 내는 동안, 원장 선생님은 내 앞에서 사라져 버렸다.

잘 있어라, 멍청이들아

다들 칠색원을 낡아 빠진 고철 덩어리라고 했다. 사실이었다. 외벽은 대부분 서툴게 가공된 금속판이었고, 어째서인지 그을음이 묻은 곳이 한두 군데가 아니었으며, 복도는 시멘트와 벽돌로 이루어져 있었다. 최첨단 우주 도시의 일부가 아니라, 지구의 한구석을 그대로 떼 온 것만 같은 곳이었다. 그렇기에 나에게 칠색원은 요새였다. 반영구적 지상 대체 플랫폼으로부터, 반지의 대부분을 이루는 오만한 백색 일변도의 건물들로부터 나를 지키는 요새. 이 안에서 가만히 숨어 있으면 엄마가 날 구하러 올 거라고 생각했다. 그렇게 기다리는 삶에 익숙해져 있었다.

하지만, "여기 남아서 뭘 하겠니?"라는 원장 선생님의 말씀 한마디에 요새는 전혀 다른 공간이 되었다. 선생님과의 대화를 마친 나에게 이곳은 곧 팔아넘길 아이들을 잠시 보관하는 창고에 불과했다. 급격한 변화에 충격을 받아 한동안 제대로 움직일 수도 없었다. 뭔가 해야 한다는 생각에 마음이 급해져 손이 몇 번 움찔거리긴 했지만, 그걸로 끝이었다.

전전긍긍하던 와중, 칠색원에서 도망치려던 캐서린 선배의 모습이 떠올랐다. 눈을 감으니 선배가 짓던 표정까지도 보였다. 가소롭다는 듯한 조소. 그 얼굴이 머릿속에서 스포트라이트를 받아 별보다도 밝게 빛났다. 왜 선배가 지금 떠오르지? 나 자신에게 그렇게 묻자마자, 이번에는 세연이와 나눴던 대화가 떠올랐다.

만나고 싶은 게 아니야?

당연히 되고 싶은 거지.

세연이의 맹랑한 대답을 되새겨 보니 어떤 쾌감이 일었다. 어릴 적 썼던 비밀 일기장의 암호를 기억해 냈을 때와 같은 감각이었다. 내 머릿속의 나침반이 캐서린 선배를 향한 이유는, 선배 같은 사람이 되어야겠다는 생각 때문이었다. 누군지 모를 사람에게 끌려가 어딘가로 넘겨지는 대신, 선배처럼 내 발로 칠색원을 벗어나 엄마를 찾아 나서리라는 결심이 섰다.

선배와 같은 사람이 되기 위해서는, 우선 캐서린 선배 본인을 만나야 했다.

선배는 탈출에 실패할 때마다 원장실이 있는 4고리로 끌려갔다. 서둘러 가 보니 선배는 예상대로 원장실의 원형 쇠문 앞에 붙들려 있었다. 비밀번호를 입력하지 않으면 함부로 풀 수 없는 우주 활동용 안전줄이 수갑처럼 선배의 손목을 구속한 상태였고, 이 줄은 안전바에 묶여 있었다. 나는 조심스럽게 선배에게로 다가갔다.

축 늘어져 있던 캐서린 선배가 갑자기 고개를 쳐

잘 있어라, 멍청이들아

들더니 나를 똑바로 바라보았다. 다큐에서 봤던 야생 동물과 눈이 마주친 것처럼 섬뜩했다. 선배는 내 청 재킷에 달린 명찰을 재미있다는 듯 살폈다.

"이름이 제로야? 너무하다."

나는 선배의 말을 무시한 채 곧장 본론으로 들어 갔다.

"원장실에 있는 통신 모듈이라는 게 어떻게 생겼는지 알아요?"

원장 선생님께서 독점하고 계신 물건. 그 장치를 쓴다면 엄마를 부를 수 있었다. 반지에는 지구와 연락을 취할 수 있도록 지원하는 곳이 많지 않기 때문에, 그것만큼은 꼭 손에 넣어야 했다.

"통신 모듈. 통신 모듈…. 아하."

중얼거리던 선배는 혀를 끌끌 찼는데, 어느덧 안전 줄을 스스로 푼 뒤였다. 구속 대상을 잃은 우주 활동용 안전줄이 안전바에 매인 채로 흔들리고 있었다.

"그게 필요하구나?"

선배는 내 얼굴 바로 앞에 자기 얼굴을 들이밀며 말했다.

"럭키 걸이네, 별꼬맹이!" 선배가 내 눈가의 점을 가볍게 건드렸다. 그러자 그곳에서 무언가가 생겨나 내 광대뼈 언저리를 헤엄치는 것만 같은 느낌이

들었다. 생경했지만 싫지는 않았다.

"별 아니고, 불가사리예요."

"불가사리? 스타피시잖아. 별 맞네." 선배는 헛웃음을 터뜨렸다.

선배가 내 손을 잡아끌었고, 나는 아무런 저항도 하지 못했다. 선배는 키득거리며 양쪽 벽을 번갈아 디디면서 뛰었다. 예측 불가능한 움직임에 휘둘리며, 나는 오른쪽 눈가의 점을 계속 만지작거렸다. 꿈속의 엄마는 그것을 항상 불가사리 점이라고 불렀기에 나 또한 그렇게 여겼고, 다른 누가 별 모양이라고 해도 내 생각은 흔들리지 않았다. 그런데 캐서린 선배가 내 점을 별이라고 명명하면서도 불가사리라는 걸 부정하지 않으니, 확고했던 내 생각은 어째서인지 한순간에 무너지는 중이었다. 폭풍에 휘말린 것만 같았다.

우리가 도착한 곳은 4고리와 3고리 사이를 잇는 좁은 관이었다. 사람 한 명이 겨우 들어갈 수 있을 정도의 너비인데, 사다리까지 있어 더 비좁은 곳. 거침없이 나아가던 선배의 움직임이 느려지자, 나는 정신을 차리고 선배에게 물었다.

"나 도와줄 거예요, 말 거예요?"
"지금 제일 중요한 건 일단 도망치는 거야. 원장실에 숨어 들어갈 계획을 원장실 코앞에서 짜려

잘 있어라, 멍청이들아

고 했어? 조심하지 않으면 쫓아오는 놈들한테 총 맞는다, 별꼬맹이."

선배는 대뜸 손가락으로 총을 만들어 나를 겨누었다. 저 가벼운 태도와 손가락 총을 동시에 밀어내고 싶었다.

선배의 장난스러움을 견디지 못한 나는, 여기까지 온 김에 혼자 3고리로 내려가겠다고 마음먹었다. 사미타가 바로 저 아래에서 기다리고 있을 터였다. 만에 하나 캐서린 선배와 협업하게 되더라도, 그 이전에 사미타를 먼저 배웅해야 마음이 편할 것 같았다. 하지만 폭풍은 한번 삼킨 것을 쉽게 뱉지 않는 법이다.

"그리고, 도와 달라고? 세상에 공짜가 어딨어. 내가 정보를 주면 네가 행동하는 걸로 하자. 기왕 가는 거, 나한테 필요한 물건도 같이 구해 주고. 난 원장의 관심을 듬뿍 받고 있는 몸이라서 직접 움직이기가 좀 그렇거든."

선배가 내 재킷을 붙잡았다. 우악스러운 손길을 쉽사리 뿌리칠 수 없었다. 좁은 관 안에는 우리 둘뿐인데도 선배는 누가 들을까 걱정된다는 듯 내 곁으로 바짝 다가왔다.

선배가 '작전'이라 부른 칠색원 탈출 계획은 믿기지 않을 정도로 단순했다. 원장 선생님이 밖에 계신 틈을 타 원장실에 들어간다. 잠겨 있는 원장실 문을 열기 위해서는 자석이 필요한데, 도어 록을 비롯한 원장실의 보안 시스템을 일시적으로 무력화해 주기 때문이다. 선배는 문을 여는 데에는 성공한다고 치자며 그 이후에 해야 할 일을 설명했다.

"원장실 안에 들어가 보면 가운데 기둥에 다이얼이 하나 있어. 중앙 엘리베이터 문을 여는 마스터키가 거기 꽂혀 있을 거야. 정확히 센터에. 기억해, 큰 카드처럼 생긴 물건이야. 마스터키를 잡고, 왼쪽으로 90도 돌린 다음에 다이얼에서 빼. 그냥 빼면 경보가 울려."

"통신 모듈은요?" 나는 볼멘소리로 물었다.

"마스터키 근처에 있어. 원장이 친절하게도 '연락처'라고 적힌 메모지를 그 위에 붙여 놔서 찾기는 쉬울 테니까 그건 알아서 가져와."

선배는 덧붙였다. "별은 원래 혼자잖아?" 그럼 그렇지. 갑자기 나타난 후배에게 귀한 정보를 술술 부는 이유가 있었다. 선배의 제안대로 한다면, 들켰다가는 내가 모든 책임을 혼자 지게 될 것이 뻔했다. 이 사람은 위험하다. 그렇게 결론을 내린 나는 선배가 잡고 있는 재킷을 버리게 되더라도 도망칠 작정으로 발버둥 쳤다.

재킷을 벗어 던지고 등을 돌려 달아나려 하자, 선배는 내 팔 아래로 빠르게 움직여 내 앞을 가로막았

잘 있어라, 멍청이들아

다. 선배의 손아귀에서는 풀려났지만 움직이기 어려운 건 매한가지였다.

"에헤이. 다 들어 놓고 그냥 가게? 협조할 거면 지금이야. 저 아래로 내려가면 나는 없어. 나우 오어 네버."

그러시든지요. 애초에 내가 왜 그쪽한테 기대를 한 거지? 선배에게서 벗어나기 위해 계속 움직였지만, 선배는 매번 나를 막아섰다.

"이 정도면 거의 패키지 딜인데." 선배는 그렇게 말하며 내 코앞에 자기 손목을 내밀었다. 창백한 피부 위로 붉은 줄이 선명하게 나 있었다. "나 혼자 잡히면 안전줄 잠금 네가 풀었다고 할 거야. 우린 이미 공범이라고."

당연히 그렇겠지.

도망쳐 봤자 소용없다는 걸 깨달으니 한숨이 나왔다. 이미 선배의 사기극에 휘말려 버렸다. 좋든 싫든, 그 사기극 안에서 내 몫을 챙겨야겠지. 고전 도둑 영화 〈오션스 8〉이 떠오르는 상황이었다. 선배의 어깨 너머로 3고리를 흘깃 바라보았다. 짧은 고민 끝에, 사미타에게 몹쓸 짓을 하기로 했다. 어차피 걔는 전학 가서 잘 살 텐데, 뭐.

"좋아요. 협조할게요."

어차피 내일이면 이상한 아저씨에게 잡혀갈 운명이다. 그보다는 선배의 손을 잡는 편이 낫지 않을까 싶었다.

　"그런데 문 열려면 자석이 필요하다고 하지 않았어요? 그건 어떻게 구하게요?"
　"기다려 봐."

　선배의 입꼬리를 끌어당기는 것은 확신이 분명했다. 나는 그 당당한 태도를 보며 이렇게 생각했다. 같이 움직일 상대를 잘 찾기는 했네.

　캐서린 선배는 원장실이 있는 4고리 쪽으로 다시 이동하되, 이 좁은 관 안에 머물러 있자고 했다. 그러고는 내 머리 위 구석진 곳에 달라붙어 4고리 내부를 둘러보았다. 시선이 한곳에 고정될 틈 없이 빠르게 움직였다. 우리를 제외하고는 아무도 없다는 것을 확인한 선배는 붉은 자국이 남은 왼쪽 손목을 오른손 바닥으로 감싸고 빠르게 돌렸다. 우주 활동용 안전줄이 어지간히 세게 묶였던 모양이었다. 한쪽 손목을 털고 나서는 반대쪽 손목도 분주하게 돌렸다. 왠지 모르게 초조해진 사람처럼 보였다.

　내 머릿속도 선배의 손만큼이나 정신없었다. 몇 분 전까지만 해도 선배는 가까이 있고 싶지도 않은 사람이었는데, 자신만만한 태도로 할 일을 알려 주고 직접 나서는 모습을 보고 있자니 이제 선망의 대상으로 느껴지기까지 했다. 거부감과 동경심, 상반되는 두 감정이 찜찜하게 겹쳐 끈적거렸다. 이런 내 심경을 아는지 모르는지, 선배는 사다리 관 끝부분 바로 앞에 엎드려 바깥을 주시할 뿐이었다. 지금 뭘 하는 거냐고 묻자, 여기서 기다리기만 하면 된다는 대답이 돌아왔다.

"곧 온다."

얼마 지나지 않아, 사다리 관 너머로 요란한 발소리가 났다. 발소리. 칠색원에서는 날 수도 없고, 나서도 안 되는 소리였다. 누군가가 칠색원의 금속 표면 위를 걷고 있었다···. 이때 선배가 나를 갑자기 자기 옆으로 끌어당겼다. 당황스러웠지만, 덕분에 난데없이 걸어 들어온 사람과 그를 맞이하는 원장 선생님의 모습을 훔쳐볼 수 있었다.

"FK···."
"아카데미에서 오셨죠. 압니다."

남자의 굵은 목소리를 원장 선생님의 지친 목소리가 가로막았다. 원장 선생님은 힘없이 공중을 떠다녔지만, 남자는 가만히 선 채로 미동도 하지 않았다. 나는 그를 더 잘 보기 위해 고개를 앞으로 살짝 내밀었다. 검은 정장을 입은 남자는 부츠를 신었으며 헤드셋을 쓰고 있었다. 칠색원에서는 필요하지 않은 그 물건들이 남자가 벽에 붙어 '설' 수 있게 해주는 것 같았다. 그가 서 있는 곳 뒤쪽의 금속판은

줄줄이 구겨져 있었는데, 위치를 보아하니 저 부츠 때문인 듯했다.

"나우 오어 네버라고 했지, 내가." 선배가 바로 옆에서 속삭였지만, 내 귀는 다른 소리에 초점을 맞추었다. 남자는 말을 끝맺을 때마다 기침을 했다. 그 사람이 분명했다. 한번 나타났다 하면 아이들이 사라진다는 소문의 주인공. 세연이네 방 앞에서 느꼈던 기척의 주인을 이제야 알았다. 그나저나 이 아저씨가 FK 아카데미 소속이라고? 별개라고 생각했던 요소들이 한데 묶이기 시작하자 혼란스러워졌지만, 나는 남자의 말을 한마디도 놓치지 않으려고 신경을 바짝 곤두세웠다.

"보자…. 성연, 수아랑…. 캐서린. 이 애들만 보내주시면 끝인데요." 남자가 건조하게 말했다.

숨이 턱 막혔다. 마지막 이름을 듣자마자 선배에게 고함을 지르듯 속삭였다.

"전학 갈 거면 탈출은 왜 하려고 그래요?!"

선배는 여전히 관 너머에 시선을 고정한 채로 중얼거렸다. "원장은 갔고, 좋아…." 그러곤 갑자기 나를 돌아보았다. "아까 뭐라고 했더라? 탈출은 왜 하냐고?"

내 의문에 대한 선배의 답은 이랬다.

"어디가 됐든, 끌려가진 않을 거거든."

잘 있어라, 멍청이들아

그 말을 들은 순간, 나와 선배가 꽤 비슷한 사람이라는 생각이 들었다. 선배의 태도에서 자신이 원하는 미래 외에는 그 무엇도 받아들이지 않겠다는 의지가 엿보였기 때문이다. 입양을 거부하는 나와 전학을 거부하는 선배는 닮은꼴일지도 몰랐다.

이내 선배는 소리를 지르면서 사다리 관 밖으로 튀어 나가 남자에게 달려들었다. 선배의 움직임은 어디까지가 의도적이고 어디까지가 즉흥적인지 분간하기 어려웠지만, 고함만큼은 분명히 의도적이었을 것이다. 그것은 전투에 나서는 사람의 기합이었다. 선배의 공격으로 중심을 잃은 남자의 몸 전체가 허공에 붕 떴다. 나는 눈앞의 상황을 더 잘 이해하고 싶어 선배에게 물었다.

"뭐 해요?!"
"보면 몰라? 마그넷 구하는 중이잖아!"

선배는 남자의 발을 온몸으로 붙잡더니, 공중에서 세 바퀴 돈 끝에 기어이 그의 부츠 한 짝을 벗기고야 말았다. 선배가 사다리 관 속으로 던진 새까만 신발이 내 손에 들어왔다. 이것이 바로 원장실 문을 열 때 쓸 자석이었다.

"튀어."

어느새 남자의 헤드셋을 목에 걸친 선배가 나를 바라보며 능글맞게 웃었다.

이제 내가 움직일 차례였다. 자석 부츠를 원장실 문 옆의 도어 록에 가져다 대자, 선배가 말한 대로 이중으로 된 쇠문이 천천히 열렸다. 원장실은 좀 넓다는 점을 제외하면 기숙사 방과 그다지 다를 게 없었다. 커다란 원통형 공간 한가운데에 검은 쇠기둥이 있었고, 벽에는 침낭, 육각형 책장 같은 물건들이 무질서하게 붙어 있었다. 바닥에 있는 용도 불명의 새빨간 돌도 눈에 들어왔다. 어디에선가 본 적이 있는데 정확히 어떤 장치인지는 기억나지 않았다.

원장 선생님의 업무용 보드 한구석에는 '연락처'라는 손 글씨가 적힌 메모지가 붙어 있었다. 그 아래로 새까만 가죽 가방이 짧은 안전줄에 매달려 있었는데, 옆구리에 낄 수 있을 정도의 크기였다. 통신 모듈임이 분명했다. 재빨리 한쪽 팔로 가방을 끌어안았다. 그러자마자 뒤에서 자석 부츠 소리가 경쾌하게 울렸다. 곧이어 선배의 앓는 소리도 멀찍이서 들려온 것으로 보아, 기침하는 남자가 기어이 선배를 떨쳐 내고야 만 모양이었다.

빨리 마스터키를 찾아야 한다. 쇠기둥의 정중앙에는 큼직한 원형 다이얼이 있었고, 그 한가운데의 홈에 자색 카드가 반쯤 파묻혀 있었다. 선배에게 들은 정보가 거짓이 아니라는 사실에 감사해하며, 그가 알려 준 요령을 머릿속으로 되뇌었다.

왼쪽으로 90도 돌린 다음에,

잘 있어라, 멍청이들아

숨을 골랐다.

다이얼에서 뺀다.

다이얼은 동작을 감지하는 장치인 듯했다. 천천히 돌려 보니 다이얼 표면에 각도기 눈금처럼 빽빽이 박혀 있는 발광 다이오드가 차례차례 빛을 냈다.

마스터키를 빼자마자 다이얼에 파여 있던 홈이 메워지기 시작했다. 이렇게 될 거라는 얘기는 못 들었는데. 어떤 옛날 영화에서 주인공이 했던 것처럼 가짜 카드를 재빨리 대신 넣었어야 했던 걸까? 방 안 곳곳에 있는 샛노란 조명이 쉴 새 없이 깜빡였고, 귓속을 뚫고 뇌까지 후벼 파는 사이렌 소리가 울려 퍼졌다. 보안 장치가 무력화되지 않았던 것이다.

난데없이 일어난 소란에 놀라기 무섭게, 캐서린 선배가 원장실로 급히 들어왔다. 그는 땀범벅이었으며, 조금 무섭게 느껴질 정도로 숨을 헐떡이고 있었다. 능글맞은 웃음 대신 사냥에 집중한 맹수 같은 표정을 얼굴에 띄운 채였다. 선배는 방 안의 소음에 아랑곳하지 않았다. 마치 사이렌이 울릴 것을 미리 알고 있었던 사람 같았다. 그 모습을 본 나는 선배가 사이렌을 이용하려고 보안 장치에 대해 거짓말했음을 알게 되었다. 자석으로 방 안의 보안 시스템까지 해제할 수는 없었던 것이다. 캐서린 선배가 자석 부츠로 문 닫힘 버튼을 때리듯이 누르자, 원장실의 쇠문은 삐걱거리며 닫혀 버렸다.

"잘했어."

선배가 나를 향해 손을 내밀었다. 나를 칭찬하기 위해서가 아니라, 마스터키를 받기 위해 내민 손이었다. 아쉬워할 필요는 없었다. 애당초 그게 협력의 조건이었으니까. 선배는 마스터키로 칠색원에서 탈출하고, 나는 이 가죽 가방 안의 통신 모듈로 엄마를 부를 것이다. 우리는 함께 모험을 떠날 파트너 같은 게 아니었다.

하지만 나는 이대로 만족하고 싶지 않았다. 엄마를 기다리기만 하는 생활을 계속 이어 갈 마음은 없었다. 이제 찾아 나서는 삶을 시작할 차례였다.

"아니, 같이 가는 거예요. 거절하면 칠색원 밖으로 나가지도 못한 채로 둘 다 잡히는 거고."

사이렌 소리 때문에 내 말이 들리지 않을까 봐 누가 주도권을 쥐고 있는지를 행동으로도 보여 주었다. 엄지와 중지로 마스터키의 양 끝을 누르자, 카드 형태의 키는 금방이라도 부러질 듯 휘었다. 캐서린 선배의 표정도 금방 무너질 듯 구겨졌다. 나는 통신 모듈이라는 게 정확히 어떻게 작동하는지 알게 되기 전까지는, 캐서린 선배를 놓아줄 생각이 없었다.

"알았어. 알았으니까 내놔! 중앙 엘리베이터 타야 할 거 아니야."

"거기까지 어떻게 가요. 문 앞에서 바로 잡힐걸

잘 있어라, 멍청이들아

요?" 어이가 없어서 헛웃음이 나왔다. 이 방의 유일한 출입구 앞에 그 남자랑 원장 선생님이 버티고 있을 텐데 둘 사이를 뚫고 나가자고? 당황해서 한 말일 수도 있겠지만, 선배가 돌발 상황에 약하다는 느낌을 지울 수 없었다.

바로 그때 원장실의 문이 열렸다. 부츠를 한쪽만 신은 남자가 눈에 닿는 모든 것을 얼려 버릴 것만 같은 눈빛으로 우리 둘을 응시했다. 그는 성급하게 행동하지 않았다. 바지 주머니에서 작은 패드 하나를 꺼내더니 어디 메시지라도 보내는 건지 가볍게 두드리기 시작했다. 곧이어 머리를 부여잡은 원장 선생님이 나타났다. 선생님은 우주 활동용 안전줄보다 더 강력한 도구가 필요하겠다며 방 안을 뒤졌다. 선배가 나를 조용히 돌아보았다. 긴박한 상황인데 웃음이 났다. 내가 탈출에 재능이 있을지도 모르겠다는 생각이 들어서였다. 허구한 날 〈인디아나 존스〉 시리즈 같은 지구 영화를 본 게 이럴 때 도움이 될 줄이야.

나는 붉은색 돔 근처로 슬쩍 다가가면서 선배에게 속삭였다.

"저거 열면 뭐가 나올지 알겠어요?"

선배가 돔을 곁눈질하며 물었다.

"뭔데?"

"탈출 포드. 옛날 우주선에만 있는 거." 지구의 이동 수단을 다루는 동영상에서 본 적이 있는 장치였다. 그 정체를 기억해 낸 건 불과 몇 초 전이지만.

"그게 왜 원장실에 있는데?"

대답 대신 어깨를 으쓱였다. 나야 모르지.

마스터키를 붉은 돔의 잠금장치에 가져다 댔다. 공기가 새어 나오는 소리와 함께 돔이 양쪽으로 갈라졌다. 원래대로라면 비상 탈출에 사용하는 원통형 포드가 연결되어 있어야 할 곳에는 동그란 구멍이 뚫려 있을 뿐이었고, 그 아래로 칠색원 밖의 세상이 보였다.

솔직히 말해서 돔 아래에 탈출 포드가 없다는 건 의외였다. 그렇다면 이제 남은 방법은 하나밖에 없었다.

"뛰어내려요."

물론 반지에는 우리를 끌어당기는 중력이 없으니 지구에서처럼 뛰어내린다는 건 불가능했다. 단단한 곳을 박차면서 몸을 날려, 저 아득한 도시의 바닥으로 향해야만 했다.

"너, 무슨 액션 영화 찍어?"
"다른 방법 있어요?"

선배는 나를 바라보더니 자그마한 탄식을 내뱉었

잘 있어라, 멍청이들아

다. 원장 선생님이 내 이름을 외치며 몸을 날리셨고, 남자도 부츠를 신지 않은 발로 벽면을 찍어 누른 뒤 두 팔을 벌리며 돌진해 왔다. 그들 뒤로 걱정 어린 얼굴을 한 사미타까지 나타났다.

하지만 그들은 전부 늦었다.

사미타와 마지막으로 한 번 눈을 마주쳤다. 우리 둘 다 여기를 떠나게 됐네. 이제 요람을 벗어날 때였다. 엄마와 연락할 수단이 손에 들어왔고, 친하게 지냈던 아이들은 죄다 떠나 버렸다. 칠색원에 미련을 가질 이유 따위는 없었다.

심호흡 한 번, 점프는 그다음. 맨홀만 한 구멍으로 빠져나가 칠색원의 외벽을 박차고 뛰어내렸다. 캐서린 선배도 내 뒤를 따라 떨어졌다. 들뜬 나는 평생토록 내 본 적 없었던 우렁찬 목소리로 외쳤다.

"잘 있어라, 멍청이들아!"

내 입에서 나올 거라곤 생각조차 못 했던 말이 칠색원 상공에 울려 퍼졌다. 원장실 안에서 우리를 내려다보고만 있는 남자와 원장 선생님, 사미타의 얼굴이 그렇게 한심해 보일 수가 없었다. 아래로 있는 힘껏 돌진하면서 눈을 질끈 감았다. 안전줄 따위는 필요 없었다.

아무런 제약 없이 바깥 공기를 가르는 것은 상쾌한 일이었지만, 당장 붙잡을 곳이 없으니 순간 불안감이 드는 것까지는 막을 수 없었다. 그래서 무심코 앞으로 손을 뻗었다. 아무도 날 잡아 주지 않을 걸 알면서도 그랬다. 순간, 온기를 지닌 손이 내 손목을 그러쥐었다. 놀라서 두 눈을 뜨자 캐서린 선배가 날 끌어안듯이 붙잡는 모습이 보였다. 얼굴에는 미소가 선명했다. 비웃음이 아니라 쾌활한 행복의 웃음이었다. 그래서 나도 웃어 보였다. 캐서린 선배가 내게도 '서린 언니'가 된 순간이었다.

"그 대사, 내 트레이드마크잖아!"

서린 언니는 그렇게 말하고는 낄낄거림을 그칠 줄 몰랐다. 솔직히 말해서, 미친 것 같았다. 하지만 나도 미친 것 같았다. 뒤쪽에서 느껴지는 공기의 흐름이 머리를 기분 좋게 간질였다. 우리는 떨어지면서, 밑으로 날아가면서 실컷 웃었다. 맞잡은 손과 옆구리에 낀 가방이 유난히 따스했다.

잘 있어라, 멍청이들아

2.
난 여기까지 상상했어

지구. 우리의 새하얀 구슬. 불과 40년 전까지만 해도 지구는 얼어붙어 있지 않았고, 곰팡이가 모든 금속을 녹슬게 하지도 않았습니다. 열기를 뿜어내는 자동차와 사람을 가득 실은 열차가 가득했죠. 저는 지구가 매캐한 회색으로 가득했던 시절의 이야기를 합니다. 반지 시대 이전의 탈것 이야기.

　　　　　　　　　　　　- 비비엔의 카스토리입니다.

드디어 칠색원에서 벗어났다. 흉곽 안에서 조금 전의 흥분이 불규칙적으로 요동쳤다. 옆을 돌아보니 서린 언니도 마찬가지로 들뜬 것 같았다. 언니는 눈을 꼭 감았다 뜨고는 "나이스." 하고 중얼거렸다. 언니의 시선은 나도 내가 멘 가죽 가방도 아닌, 우리를 둘러싼 도시를 향하고 있었다.

난 여기까지 상상했어

반영구적 지상 대체 플랫폼. 줄여서 반지.

반지의 구조는 거대한 나뭇가지와 비슷하다. 프레임 위로 프레임코리아가 세운 대한민국 기둥의 옆면에 각 도시의 토대가 되는 기둥이 여러 방향으로 세워져 있고, 도시의 중심 기둥 옆면으로는 백색 건물들이 사방으로 뻗어 있는 형태다. 건물들 사이의 빈 공간에서는 지구의 자동차 역할을 하는 형형색색의 포드와 사람들이 유영한다. 도시의 중심 기둥은 거대한 원형 구조물의 지름이 되는데, 이 구조물은 수많은 작은 기둥이 연결되어 만들어진 것이다. 각 기둥에는 안전바가 달려 있어 사람들이 이동 시에 이용할 수 있다.

이곳 반지 제1시는 전광판의 세상이다. 건물 벽면은 당연하고 고리형 통로의 벽면, 심지어는 사람들의 머리 위를 지나가는 셔틀버스 바닥에까지 전광판이 붙어 있다. 전광판에 나오는 영상은 대부분 광고였다. 교과서에서, 영상 속에서나 봤던 상업의 중심지를 직접 두 눈으로 보게 된 것이다. 대한민국 기둥에 최초로 세워진 도시를 말이다.

"뭐 해요, 움직이자."

하지만 풍경에 압도되어 있을 만한 여유가 없었다. 아직 칠색원 근처를 벗어나지 못했다. 금방이라도 우리를 쫓아올 기세였던 남자가 마음에 걸렸다. 일단 사람들의 눈에 쉽게 띄지 않을 곳을 찾아 이동하기로 했다. 황급히 사람이 적은 기둥 근처로 향했다. 도시를 둥글게 감싸고 있는 모든 기둥은 표면에서 태양 빛과 닮은 백색광을 뿜어낼 수 있는데, 빛이 켜지고 꺼지는 시간은 지구 위 대한민국에서 해가 뜨고 지는 시간과 동일했다. 지금은 늦은 오후라 대부분의 빛이 싸늘하게 꺼져 있었다. 숨을 장소를 찾는 우리에게는 다행스러운 일이었다.

안전줄의 고리를 기둥 안전바에 걸고, 몸이 기둥 위로 안착하도록 안전줄을 바짝 끌어당겼다. 서린 언니와 나란히 앉은 나는 원장실에서 가져온 새까만 가죽 가방을 노려보았다. "누굴 그렇게 찾고 싶었던 건데?" 언니가 피식 웃으며 물었다. 나는 "엄마요." 하고 즉답했다. 그러자 언니가 혀를 찼다.

"일단 통신 모듈이 어떤 기종인지나 보자. 웬만한 하드웨어는 내가 만질 수 있으니까."

슬그머니 다가오는 언니의 손을 반사적으로 걷어냈다. 모듈 조작은 내가 해야 할 일이었다. 황동색 지퍼를 끝까지 열자 가방이 입을 벌렸다. 내용물을 확인한 나는 이 상황을 새로 고침하고 싶어져 두 눈을 깜빡거렸다.

가방 안에 들어 있는 것은 통신 모듈이라는 이름과 전혀 어울리지 않았다. 사전처럼 수많은 종이가 엮인 두꺼운 물건이었는데, 낱장에는 온갖 이름과 숫자들이 빽빽하게 적혀 있었다. 칠색원 아이들의

난 여기까지 상상했어

전화번호부였다.

"와우." 언니가 감탄사에 이어 거슬리는 휘파람 소리를 냈다.

혹시나 하는 마음에 낡은 책을 뒤적거렸다. 전화번호는 아이들의 입학 연도와 이름을 기준으로 배열되어 있었고, 아이들 이름 옆에는 보호자 이름도 함께 적혀 있었다. 나는 네 살 때인 10년 전에 칠색원으로 왔으니 '30ATF 신입생 연락처'라는 항목 안에서 내 이름을 찾아야 했다. 엄마를 향해 달려가듯 책장을 한 장 한 장 넘겼다. 시옷으로 시작하는 이름의 목록이 거의 끝났음을 확인한 나는, 잠시 손을 멈춘 다음 마른침을 삼키고 다음 페이지를 펼쳤다. 빼곡히 적힌 이름들 사이에서 '영'이라는 한 글자만 찾으면 된다. 엄마를 찾는 데에는 결국 실패할지도 모르지만, 그분의 이름 정도는 곧 알게 될 거라는 희망이 일었다.

그런데 한 페이지가 통째로 없었다. 앞뒤 페이지에 적힌 이름을 보니, 나와 엄마의 이름이 적혀 있었을 페이지가 없어진 것이 분명했다. 양면이 연결된 부분에서 나풀거리는 종잇조각이 그 페이지가 찢겨 나갔음을 알려 주었다. 분한 마음에 애꿎은 앞장과 뒷장을 몇 번이고 들춰 보았지만, 이미 없어진 페이지가 다시 나타날 리 없었다.

"어쩐지 그럴 거 같더라."

서린 언니가 안타깝다는 듯 말했다. 나는 가증스러운 펄프 덩어리를 죄다 찢어 버리고 싶은 충동에 휩싸였고, 실제로 그렇게 했다. 입을 꾹 다문 채 손에 잡히는 종잇장을 죄다 갈기갈기 조각냈다.

한숨을 내쉬니 내 주변을 떠다니던 종잇조각들이 팔랑거리며 흩어졌다. 전화번호부를 내던지자 커다란 책은 천천히 내게서 멀어졌다. 나는 그 쓸모없는 종이 덩어리 대신 서린 언니의 옷소매를 붙잡았다.

언니는 내 손을 뿌리치지 않았고, 오히려 내 허리를 단단히 붙잡았다. 뒤이어 자기 안전줄과 내 안전줄 고리를 동시에 풀더니, 기둥을 가볍게 딛고 허공으로 몸을 던졌다. 등줄기에 소름이 돋았다. 칠색원과는 달리 우리를 가로막는 벽 따위는 없었다. 그게 이곳의 가장 훌륭한 점인 동시에 가장 무서운 점이었다.

"기분 풀고, 뷰를 좀 봐."

나는 전광판이 점령한 도시를 다시금 눈에 담았다. 그야말로 정보가 넘쳐흐르는 도시였다. 신형 안전줄에 대한 광고가 한창이었고, 세연이가 좋아할 법한 러시아의 우주선 파일럿이 자신감 넘치는 얼굴로 가가린컵 참가 선수를 모집하고 있었으며, 그 옆 화면에서는 중년의 남자들이 뉴스에 나와 인공중력 도입 여부를 주제로 토론하고 있었다.

"사전 투표 마감 시간이 얼마 남지 않았습니다.

난 여기까지 상상했어

찬성표를 던져 주십시오." 칠색원 아이들이 앞다퉈 찬양하던 프레임코리아의 사장 한무였다. 그는 반지 전체에 인공 중력 장치를 설치할 것인지 묻는 국민 투표를 주도하고 있는데, 찬성표가 전체 득표수의 절반을 넘으면 반지 전체에 인공 중력 장치를 무상 제공하겠다고 단언했다.

"우리 아이들은 걸어 다녀야 합니다. 그게 교육자로서의 제 신념입니다. FK 아카데미뿐 아니라 반지 내 모든 곳에 있는 아이가 건강한 혜택을 누릴 수 있도록 도와주십시오." 그는 '우리 아이들'이라는 표현을 특별히 강조했다. 순간 화면 속의 남자에게 따지고 싶어졌다. 그렇게 아이들을 위한다면 저도 좀 도와주시죠? 그의 입에서 나오는 모든 발언이 빈말로 느껴졌다.

"저 아저씨가 별론가 봐?" 언니가 물었다. 내가 어지간히 인상을 쓰고 있었던 모양이었다. 나는 대답하지 않았다.

우리는 유영을 멈추고 네온 가로등과 연결된 기둥에 안전줄을 걸었다. 언니와 등을 맞대자 둘만의 작은 행성이 생긴 것 같은 안정감이 느껴졌다. 언니의 기분도 그런지 궁금해 표정을 살피려 했는데, 한 광고가 눈을 사로잡아 그러지 못했다.

세연이의 머리끈을 연상시키는 붉은색 정장 차림의 모델이 가가린컵 청소년부 예선 경기를 홍보하고 있었다. 나는 그 광고를 주의 깊게 응시했다. 반지 내의 어떤 건물이든 매입할 수 있을 정도의 상금을 소개하는 모델의 노란색 눈이 뜨겁게 빛났다. 나도 모르게 두 주먹을 꽉 쥐었다. 이윽고, 작은 글씨로 쓰인 문구 하나가 광고 화면에 나타났다.

본선 경기 및 우승자 인터뷰 전 세계 생중계(지구 포함).

그때부터 경기에 대한 모든 설명이 선명한 문장이 되어 뇌에 아로새겨졌다. 우주선 조종이 가능한 만 15세 이상의 청소년이라면 누구나 경기에 참여할 수 있었다. 참가자는 한 명의 팀원을 동반할 수 있는데, 팀원에게는 나이 제한이 적용되지 않았다. 거기까지 알고 나니 꺼내고 싶은 말들이 혀끝에서 분주하게 꿈틀거렸다.

언니는 열여섯 살이었다. 며칠 전 칠색원 인트라넷 게시판에서 언니의 생일을 축하하는 메시지를 본 적이 있었다.

"저기 나갈래요?" 나는 전광판을 가리키며 물었다.

"뭐?"

"저기 나가자고." 한 번 더 입 밖으로 내자, 그 두 마디는 더욱 견고히 결합해 단단한 제안이 되었다.

"언니랑 팀을 짜면 우승할 수 있을 것 같아서."

난 여기까지 상상했어

"그게 무슨…. 아니, 그보다도, 우승해서 뭘 어쩌려고?"

"인터뷰할 기회가 필요해요. 지구에도 방송되는 인터뷰요."

언니는 넋을 놓은 표정으로 한참을 가만히 있다가 이윽고 무어라 중얼거렸다. 잘 들리지 않아 무슨 말을 한 건지 물었다.

"상금을 나한테 넘겨. 넌 인터뷰, 난 상금."

"좋아요."

즉답했다. 하지만 사실은 인터뷰 기회도 상금도 전부 내가 가질 심산이었다. 수상 소감을 말하는 자리에서 엄마를 불러 어디에 계시는지 찾아낸 다음, 그분이 반지로 올라와 정착하는 데 드는 비용을 상금으로 치르고 싶었다. 하지만 미끼 없이 물고기를 낚을 수는 없는 법이었다. 나는 고개를 끄덕이는 언니에게 미소를 지어 보였다.

"이길 자신은 있나 봐요?" 내가 물었다.

"아니…. 하지만 돈은 필요하고, 아까 네 말마따나 다른 방법이 없는 거 같아서."

다시 안전줄을 푼 언니의 몸이 가가린컵 청소년부 광고를 반복해서 내보내는 전광판을 향해 천천히 떠올랐다. 마치 광고에 잡아먹히려는 것 같았다. 어느덧 팔을 뻗어도 닿지 않을 만큼 멀어진 언니는 내 쪽을 돌아보며 이렇게 말했다.

"내가 어쩌자고 너랑 이런 미친 짓까지 하는지 모르겠다."

충동적인 결정이었고, 말도 안 되는 일이었다. 보육원에서 갓 탈출한 어린애들이 전 세계적인 우주선 레이스에 참가하려 들다니. 하지만 열네 살, 열여섯 살짜리 여자아이가 아니면 누가 꿈을 꿀까? 그 누가 별 높은 줄 모르고 날아오르려 들까? 우리라서 할 수 없는 일이 아니라, 우리이기에 도전할 수 있는 일이었다. 나는 내 무모한 세계의 일부가 된 서린 언니를 마음속으로 환영했다.

"한 가지 문제가 있는데." 서린 언니가 엄지로 자기 뒤를 가리켰다. 우리는 작은 글씨들에 정신이 팔린 나머지 가장 중요한 대목을 오히려 놓치고 있었다. 6월 15일 예선 참가자 등록 마감.

오늘 안에 등록을 마쳐야 했다.

서린 언니가 나를 향해 자기 안전줄을 던졌다. 나는 그 줄을 끌어당겨 언니를 내 곁으로 데려왔다. 다시 기둥에 도착하자마자 한숨을 내쉬며 고개를 세차게 휘젓는 언니의 머리카락이 내 뺨을 스쳤다. 언니는 내가 알아듣지 못하는 영어 몇 마디를 중얼거리더니 조용히 이곳을 뜨자고 했다.

난 여기까지 상상했어

도시 전체가 아까와는 다른 색을 띠었다. 조금 전까지만 해도 서로 다른 영상들을 내보내던 전광판들이 일제히 '긴급 속보'를 내보냈기 때문이었다. 우리 둘의 얼굴이 하늘의 별만큼이나 많은 스크린을 가득 채웠다. 대문짝만한 증명사진 아래로 굵고 강렬한 여섯 글자가 나타났다.

실종 아동 수배.

그래서 이곳을 빨리 떠야 하는 거구나. 어쩐지 바로 쫓아오지 않는다 싶더라. 고개를 푹 숙였다. 우리가 앉아 있는 기둥의 빛은 어느새 꺼진 뒤였고, 매끄러운 표면에는 전광판들이 비쳤다. 그리고 저 멀리서 다가오는 한 사람의 상도 맺혔다. 칠색원에서 마주쳤던 이름 모를 그 아저씨였다. 그는 언제 새로 장만했는지 자석 부츠를 양발에 모두 신고 있었다. 검은 정장을 입은 각 잡힌 차림새만 보면 영화 속 경호원 같았다. 다만 사람을 지키는 게 아니라 우리를 잡는 데 혈안이 된 것 같다는 점이 문제였다.

주변에서는 수많은 시민이 유영하고 있었지만, 수배 대상 아동인 우리를 잡으려 쫓아오는 사람은 없었다. 그리고 우리를 향해 다가오는 남자를 막아 줄 사람도 없었다. 좋은 방향으로도, 나쁜 방향으로도 타인에게 무관심한 도시였다.

곧 언니도 남자를 발견했다. 어색한 침묵이 이어졌다. 서린 언니가 무언가 멋진 말을 던지며 나를 인도해 주기를 기다렸지만, 언니는 굳어 버리기라도 한 것처럼 움직이지 않았다. 도망칠 곳을 찾아 시선을 이리저리 옮기다 보니, 칠색원의 원형 공터가 시야에 들어왔다. 반지의 모든 건물에 하나씩 있는 시설이었다. 주로 건물에 출입하는 사람들의 포드나 우주선을 주차하는 데 쓰이는 곳. 언니가 나와 같은 곳을 바라보도록 언니의 어깨를 붙잡고 돌렸다.

"주차장이네." 언니는 '그래서 뭐?'라는 듯이 고개를 갸웃거렸다. 너무 답답한 반응이라 저걸 보고도 뭘 해야 할지 모르겠냐고 따져 묻고 싶었다. 하지만 그럴 여유가 없어, 공터에 세워져 있는 구형 우주왕복선을 신경질적으로 가리켰다. 원래 백색이었는데 시간이 지나면서 베이지색이 된 녀석이었다.

"저걸 타자." 제안이 아니라 통보였다. "언니가 말했잖아. 우린 이미 공범이라고."

"미쳤어?!" 언니는 양손으로 자기 머리를 감싸 쥐었다. 당장 어딘가에 숨어야 한다는 웅얼거림도 이어졌다. 당당한 태도로 나를 이끌어 주었던 서린 언니는 온데간데없이 사라지고, 돌발 상황에 약한 캐서린 선배가 다시 나타나고 말았다. 그렇다면 내가 결정을 내려야 했다.

"미친 짓이니까 오히려 상대방의 허를 찌를 수도 있는 거지. 그리고 대회 나가려면 어차피 우주선이 필요하잖아."

난 여기까지 상상했어

내가 언니에게 말을 놓고 있다는 사실을 알아차린 것은 이때쯤이었다.

"저런 구형 우주선 정도는 해킹할 수 있지?"

"난 소프트웨어가 아니라 하드웨어 전문-"

"할 수 있어, 없어?"

상황이 급했다. 언니의 말을 끊어야 했다. 거의 윽박지르듯이 묻자, 언니가 움츠러들었다.

"가능은 하겠지."

그 정도면 충분했다. 나는 기둥에 연결했던 안전줄을 풀었다. 그러자 언니는 여전히 얼떨떨해하면서도 목에 걸고 있던 남자의 헤드셋을 이쪽으로 던졌고, 나는 스스로도 놀랄 정도로 헛손질 한 번 없이 그것을 받아 냈다.

"해킹해 볼 테니까, 그동안 시간 좀 벌어 봐."

그렇게 언니는 금세 믿음직한 모습으로 돌아왔다. 내가 언니의 진면목을 끌어냈다는 짜릿한 감각에 온몸이 떨렸다.

인정하고 싶지 않지만 나는 순식간에 따라잡혔다. 기둥과 건물들 사이를 빠르게 누비는 법을 겨우 익히기 시작했을 무렵, 나를 쫓아오는 남자의 얼굴이 바짝 가까워졌다. 아까 서린 언니가 한 추측이 맞는 것 같았다. 내가 쓰고 있는 남자의 헤드셋이 내보내는 신호를 따라오고 있는 모양이었다. 발에 닿는 표면이란 표면은 죄다 박차며 그와 멀리 떨어지기 위해 애썼다.

광고 소리, 쫓아오는 남자의 자석 부츠가 내는 소리, 그리고 나와 언니를 찾는 안내 방송 소리. 이 도시는 소리로 가득했다. 이토록 밀도 높은 공간에서 내가 이리저리 움직이고 있다는 게 신기할 정도였다. 남이 나를 찾는 건 너무나 쉬운데, 내가 엄마를 찾으려면 전 세계적인 레이스에 나가 우승해야 한다는 사실이 이에 끼인 음식물처럼 거슬렸다. 불쾌감에 눈살을 찌푸리기가 무섭게 차가운 금속이 발목을 휘감았다. 족쇄의 냉기가 뼛속까지 전해져 왔다.

남자는 내가 풍선이라도 된다는 양 족쇄에 연결된 줄을 천천히 잡아당겼다. 공중에 떠 있던 나는 그가 딛고 선 기둥에 가까워졌다. 그는 무표정했다. 있는 힘껏 도망치는 아이쯤은 일거리로밖에 보이지 않겠지. 원장 선생님의 무심한 얼굴을 줄곧 봐 왔기에, 남자가 무슨 생각을 하는지 경험적으로 알 수 있었다. 나는 그저 잡아야 할 대상으로 남고 싶지 않았다. 끝내 붙잡히게 되더라도, 온 힘을 다해 저항해 보기로 했다.

남자에게서 멀어지는 방향으로 도망치는 대신, 손발을 전부 이용해 그가 서 있는 곳으로 질주했다. 남자가 나를 잡아당기는 속도보다 빨리 내달린 뒤

난 여기까지 상상했어

기둥을 박차고 그의 머리 위로 훌쩍 뛰어올랐다. 그가 놓친 줄이 내 발목 아래로 달랑거렸다.

머리 대신 몸에 판단을 맡기고 기둥 서너 개를 건넌 다음 돌아보니, 남자의 모습이 보이지 않았다. 반지는 그런 곳이었다. 모든 장소가 탁 트여 있는 동시에 깊숙이 감춰진 곳. 건물의 규모와 세워진 방향이 제각각이어서 생기는 특성이었다. 약간의 움직임만으로도 남의 눈에 띄기 쉬웠고, 순식간에 남의 눈을 피하기도 쉬웠다.

헛웃음이 절로 나왔다. 그 남자가 나를 빨리 쫓아오지 못한 이유는 그놈의 자석 부츠 때문이었을 것이다. 모두가 자유롭게 유영하는 이곳에서 굳이 그런 신발을 신고 걸어 다니는 이유를 짐작조차 할 수 없었다. 조금 전까지만 해도 공포의 대상이었던 남자가 갑자기 퍽 우습게 느껴졌다.

추적을 피하려고 헤드셋을 벗어 던지려는 순간, 예상치 못한 소리가 헤드셋을 통해 내 귀를 파고들어 왔다. 잡음이 많이 섞이긴 했지만, 분명히 누군가가 물속으로 가라앉는 소리였다. 먹먹한 비명, 보글거리는 거품. 더 자세히 들어 보려고 헤드셋을 꾹 눌러 귀에 붙였다. 잡음이 천천히 사그라들었다. 라디오 소리가 깨끗하게 들리지 않을 때 전파가 잘 잡히는 곳을 찾기 위해 위치를 옮겨 봤던 기억이 났다. 나는 한자리에 멈춰 있으니, 소리의 근원지가 움직이는 중일지도 몰랐다.

버스처럼 생긴 기다란 수송선 한 대가 눈앞을 지나갔다. 비슷하게 생긴 교통수단이 널린 도시였기에, 수송선 자체는 눈에 띄는 대상이 아니었다. 그보다 내 주의를 사로잡은 것은 수송선의 창문 너머로 보이는 수십 개의 커다란 원통형 수조였다. 가장 잘 보이는 수조는 새까만 액체로 거의 가득 찬 상태였고, 액체의 표면이 마구 찰랑이고 있었다. 이상했다. 중력이 없는 곳에서는 액체가 저렇게 바닥에서부터 채워지지 않는다. 구형으로 뭉치지. 기포가 수면 위로 떠올라 터지는 일 또한 없기 때문에, 보글거리는 소리가 나서도 안 된다.

"다음, 성연." 누군가의 지친 듯한 목소리가 헤드셋을 통해 들려왔다.

성연, 수아랑…. 캐서린. 이 애들만 보내 주시면 끝인데요.

칠색원에서 남자가 했던 말이 갑자기 되살아나 머릿속을 헤집고 다녔다. 결국 그 이름들은 조각난 생각을 꿰매는 실이 되었다. 사라진 아이들, 단체 전학, 물속에 빠진 누군가가 내는 소리와 검은 물로 가득 찬 수조. 긴장 때문인지 손이 제대로 움직이지 않았다. 목에 건 필름 카메라를 드는 간단한 동작을 몇 번이고 실패하는 사이, 수송선은 온데간데없이 사라졌다.

난 여기까지 상상했어

2번 부츠가 파괴되었습니다. 교체하십시오. 교체하십시오.

이명처럼 귀를 울리는 긴 경고음에 놀라 헤드셋을 바로 벗어 던졌다. 주인 잃은 기계는 스파크를 튀기며 건물에 부딪혔고, 눈으로 따라잡을 수 없는 먼 곳까지 날아가고야 말았다.

건물들을 징검다리 삼아 언니에게로 향했다. 머릿속에서 가시 돋친 공이 굴러다니는 것 같아 마음을 가라앉힐 수가 없었다. 수조 안의 새까만 물 속에 칠색원 아이들이 담겨 있을지도 모른다는 생각이 나를 계속 찔렀다. 내가 잘못 짐작한 거라 믿고 싶었다.

그 순간, 프레임코리아의 사장인 한무가 웃으며 전광판에 나타났다. "인공 중력, 우리 아이들을 위한 선택입니다." 그가 백색 가운을 입은 남자들과 함께 확신에 찬 어조로 말했다.

"우리가 뭐라고." 나는 쓸쓸한 기분으로 혼잣말했다. 저 어른들은 전문가였다. 사회적으로 명망 있는 사람들. 그런 사람들이 아이들을 납치할 이유가 어디 있단 말인가. 의심이 다시 고개를 들지 못하도록 짓밟아 버렸다. 네발짐승처럼 손발을 모두 동원해 언니가 있는 곳으로 달려가면서 나는 한 가지 목표만 떠올렸다. 엄마. 어떻게 생겼는지도 모르는 분의 얼굴을 상상이라도 해 보려고 애썼다.

우주 왕복선은 처음 발견했을 때와 마찬가지로 꼿꼿이 서 있었다. 동그란 창문 사이로 연노란색의 불빛이 새어 나왔는데, 이는 서린 언니가 우주선의 시스템을 해킹하는 데 성공했음을 의미했다. 근처 건물 위에 있던 나는 칠색원 공터를 향해 가볍게 뛰어내렸다. 우주선의 뒷문에 안착하려 했지만, 우주선에 몸이 닿자마자 내려올 때의 힘이 나를 그대로 튕겨 냈다. 간신히 문 옆의 안전바에 안전줄을 건 순간, 족쇄와 연결된 줄이 우주선 표면에 부딪혔다. 나는 문을 열고 들어가면서 언니를 재촉했다.

"얼른 가자. 따돌리긴 했는데 아마 다시 올…."

눈앞에 벌어진 예상치 못한 광경에 말문이 막혔다. 조종석은 엉망이었다. 한쪽 구석에 박혀 있는 자석 부츠 한 켤레가 쉴 새 없이 지직거리며 미약한 불꽃을 뿜어냈다. 교체해야 한다는 2번 부츠가 저것인 모양이었다. 벽면에는 우그러지지 않은 곳이 거의 없었고, 그나마 멀쩡한 곳에도 무언가로 강하게 내려찍은 듯한 자국이 빼곡했다. 언니는 등을 보인 채로 고개를 떨구고 있다가 뒤돌아서 나를 내려다보았다.

"내가 어떻게 할 수 있는 게 없어. 이 우주선은 유물이라고."

언니는 쥐고 있던 공구를 신경질적으로 내던졌다. 장광설이 이어졌다. 초동력체가 없어. 연료형 우

난 여기까지 상상했어

주선이야. 시동을 걸려고 생체 인식기를 찾아봤는데 그것도 없어. 언니는 자기 얼굴을 쓸어내리다가 갑자기 눈을 크게 뜨더니 나를 향해 다가왔다.

"발에 그건 뭐야? 이리 와, 일단 떼어 내야…."
"오지 마!"

목구멍이 따끔거렸다. 주먹을 꽉 쥐는 바람에 손톱이 손바닥을 파고들어 욱신거렸다. 선명한 아픔과 함께 내가 느끼는 감정의 윤곽이 뚜렷하게 드러났다. 처음으로 서린 언니 때문에 화가 났다. 나는 언니가 부탁한 대로 시간을 벌었다. 이 정도로 넓은 공간을 누비는 데에는 익숙하지 않은데도 최선을 다해 도망쳤다. 그러다 결국 남자에게 붙잡혀 족쇄가 채워지기까지 했지만, 포기하지 않고 여기까지 오는 데 성공했단 말이다. 언니는 그 긴 시간 동안 뭘 했길래 내 얼굴을 보자마자 핑계부터 대는 걸까? 구형 우주선이면 해킹할 수 있다면서. 시동 하나 제대로 못 거는 사람이 그런 허풍을 떨었다니. 내가 이런 사람과 가가린컵에 나가려고 했다니.

"난 기계 천재가 아니야." 언니가 고개를 저으며 말했다. 비겁해 보이는 그 모습에 거부감이 들어 계속 뒤로 물러났다.

"네가 억지로 그런 이미지를 씌운 거지. 내가 천재면 그동안 왜 탈출을 못 했겠어?"

언니는 애꿎은 자석 부츠를 후려치더니 신음하며 손을 털었다.

"그렇게 보지 마, 별꼬맹이. 여기서부터는 나도 어떡해야 할지 몰라. 사실 처음부터 알고 있었어. 나 가려고 할 때마다 결국 잡힐 거라는 걸 누구보다도 잘 알고 있었단 말이야. 근데 네가 나타나더니, 정말로 성공해 버렸어…. 난 여기까지는 생각해 본 적도 없다고." 작은 흐느낌이 이어졌다.

어지러웠다. 시야가 흐려져 언니가 두 사람으로 보였다. 언니의 눈에 초점을 맞추자 두 상이 가까스로 겹쳤다. '믿음직한 언니'와 '생각보다 약한 선배'는 그렇게 하나가 되었다. 애초에 둘은 다른 사람이 아니었는데. 서린 언니는 믿음직한 동시에 약한 존재였다. 나보다 훨씬 용감했고, 동시에 나보다 훨씬 겁이 많았다. 나는 언니에게서 '탈출의 귀재'다운 모습을 끌어내려 애쓰지 않기로 했다. 상대방이 마냥 유능하기를 바랄 필요 없이, 그때그때 서로를 도와주면 충분하지 않을까 싶었다. 나와 언니 둘 다 아직은 어디로 가야 할지 몰라도, 같이 가다 보면 길이 보이지 않을까?

"나는 했어. 난 여기까지 상상했어." 지금은 내가 언니의 손을 잡아 줄 때인 것 같았다.

"그러니까 이제 와서 못 한다는 소리 같은 거 하기만 해 봐."

난 여기까지 상상했어

언니를 옆으로 밀어내고 조종 패널을 들여다보았다. 아무래도 낯설지 않았다. 나는 애초에 왜 이 우주선에 끌렸을까? 이동 수단을 찾던 당시에 가장 먼저 눈에 띈 우주선이기도 했지만, 이 우주선의 생김새가 유독 익숙하게 느껴져서였다. 다리미처럼 생긴 우주 왕복선. 지구 시절의 이동 수단을 설명하는 영상에서 이 녀석과 비슷한 걸 분명히 본 적이 있었다. 나는 구겨진 패널에 적힌 이 우주선의 제식 명칭을 확인했다.

OV-171.

"그렇지!" 기쁨의 함성이 터져 나왔다. 이 기종은 언니 말대로 유물이라고 봐도 무방했다. 그 옛날에 생체 인식 기술 같은 걸 우주선에 적용할 여력이 있었을 리 없지. 조종실의 두 의자 사이에 있는 덮개를 열었다. 그 아래로 보안 패드가 옅게 빛났다. 구형 키보드의 숫자 패드처럼 생긴 버튼을 눌러야 보안이 해제되는 구조였다. 지구 시절 물건이니 당연히 네 자리 비밀번호지. 그때의 보안 수준을 감안하면 세 번에서 다섯 번 사이의 입력 기회가 있을 터였다.

비밀번호를 침착하게 추리해 보려고 했지만, 그 순간 언니가 조종석 전방 상황을 보여 주는 모니터를 가리켰다. 총알을 길게 가른 듯한 형태의 포드가 이쪽을 향해 돌진해 오고 있었다. 포드에 탄 사람이 누군지는 확인할 필요도 없었다. 때마침 족쇄에서 들려온 가벼운 전자음이 추격자의 정체를 밝혀 준 것이다.

"그러니까 그걸 먼저 뺐어야 했는데." 언니는 쭈뼛거리며 말했다. 이미 위치를 들켰다면 족쇄를 지금 빼 봐야 소용없다. 어떻게든 비밀번호를 찾아, 남자에게서 벗어나야 했다.

좋아. 0000?

입력을 마치자 보안 패드의 화면이 새빨개졌다.

아니네. 1111?

이 숫자 또한 아니었다. 마지막으로 1234를 시도해 보았지만, 그것도 아니었다. 하지만 아직은 번호 입력이 막히지 않았다. 기회가 두어 번 정도 더 남은 모양이었다. 기본값으로 많이 쓰이는 숫자들을 넣어 봤으니 이제부터는 정말로 운에 맡겨야 했다. 포기하지는 않았다. 더 간절한 심정이 되었을 뿐. 일단 내 필름 카메라에 새겨져 있는 날짜를 입력했다. 40ATF.06.16. 그러니까 0616. 하지만 당연하게도 아까와 똑같이 새빨개진 화면이 보일 따름이었다.

마지막 시도는 사실상 도박이었다. 될 대로 되라는 마음으로, 나 자신도 놀랄 만큼 부드럽게 마지막 네 자리 숫자를 타이핑했다. 0809. 서류상의 내 생일이었다. 입력을 마무리하자마자 비상용 망치를 찾으려 두리번거렸다. 내 생일 같은 게 정답일 리 없

난 여기까지 상상했어

었고, 우주선 안에 갇힌 채로 잡힐 바에는 창문을 깨고 도망치는 편이 나아 보였으니까.

그런데, 내 시야에 들어온 보안 패드의 화면은 붉은색이 아니라 녹색으로 빛났다.

"날아!"

눈앞의 크고 붉은 버튼을 세게 눌렀다. 엔진이 굉음과 함께 살아났고, 급발진한 우주 왕복선은 우리를 향해 날아오던 포드를 후려쳤다. 녀석은 산산이 부서지면서 나가떨어졌다. 포드의 유리창 조각이 우주 왕복선의 카메라 렌즈를 빗방울처럼 두들기는 모습이 모니터에 아로새겨졌다.

"어떻게 한 거야?" 언니가 멍한 얼굴로 물었다. 나는 "얼른 가기나 하자."라는 말밖에 할 수 없었다. 어떻게 설명해야 할지 난감했다.

확실한 근거는 없었지만, 비밀번호가 내 생일인 건 우연이 아닐 거라는 생각이 들었다. 이 우주선과 엄마가 어떤 식으로든 연관되어 있었던 걸까? 엄마는 도대체 어떤 사람이었던 걸까? 사진으로만 보며 귀여워하던 동물을 실제로 마주하면 그 압도적인 생명력에 겁을 먹게 되듯이, 상상 속의 엄마가 아닌 실존하는 엄마의 흔적을 발견했다고 생각하니 원초적인 두려움이 스멀스멀 피어올랐다. 엄마를 언급하자 동요하던 원장 선생님과 내 생일을 비밀번호로 삼은 우주 왕복선. 그 사이에 내가 모르는 연결 고리가 분명히 있을 것 같았다.

수많은 의문을 뒤로하고, 우리는 수직으로 날아 올랐다.

쫓아오는 이가 당장 없어졌다고 해서 여유가 생기진 않았다. 제멋대로 날뛰는 우주 왕복선을 길들이기 위해 안간힘을 써야 했다. 서린 언니는 계기판의 여러 수치를 읽더니, 해 볼 만하겠지만 내 도움이 필요하다고 했다. 그러고는 지나가는 말로 작게 한탄했다.

"오토파일럿도 고장 났네."

여전히 비관적이었지만, 조금 전까지의 절망은 어느 정도 씻겨 나간 어조였다. 언니는 자기 바지 주머니에서 꺼낸 소형 패드를 던져 주면서 나더러 목적지까지 가는 길을 찾아보라고 했다. 목적지는 가가린컵 청소년부 예선 경기장 앞, 참가자 접수처. 나는 광고에서 본 반지 제37시 55라는 주소를 길 찾기 앱에 입력하고 안내 기능을 활성화했다.

언니는 경로를 확인하더니 조종석 창문 위로 항로 홀로그램을 띄웠다. 우주선이 궤도에 안정적으로 안착하자, 한동안 수동 조종을 할 필요가 없어진 서린 언니는 조심스레 내 쪽으로 다가와 족쇄를 면밀히 살폈다. 나는 달리 볼 게 없어 언니의 모습을

난 여기까지 상상했어

지켜보았다. 이 우주선의 해킹을 부탁했을 때만 해도 언니의 머리가 이 정도로 흐트러져 있지는 않았는데, 뜻대로 풀리지 않아 머리를 헤집기라도 한 모양이었다. 부스스해진 갈색 머리가 사방으로 뻗어 있었다. 마찬가지로 헝클어진 앞머리 아래로는 한쪽만 충혈된 눈이 보였다. 이 우주선이 얼마나 엉망인지 불평할 때부터 달아올라 있던 뺨도 여전히 붉었다. 그 모습을 관찰하고 있다 보니, 순간 짧은 고통이 지나고 내 발목에 시원한 공기가 닿았다. 어떻게 푼 거냐고 묻자, 언니는 "똑같은 데서 만든 제품이면 푸는 방법도 똑같지."라고만 했다.

우주선 조종 패널을 다룰 줄 모르니, 목적지에 도착할 때까지는 특별히 할 일이 없었다. 나는 언니가 준 패드에 설치되어 있는 앱들을 살펴보았다. 칠색원에서 심심할 때 보던 채널의 영상을 조금 볼까 했지만, 안타깝게도 인터넷 연결이 되지 않았다. 반지의 인터넷 공간은 난잡한 곳이어서 웬만한 공신력을 가진 보도도 출처 모를 흥밋거리에 금세 묻혀 버리곤 하는데, 내가 찾아낸 채널에는 보기 드물게 괜찮은 영상들이 올라왔다.

비비엔의 카스토리. 지구 시절의 이동 수단 박물관의 공식 계정이다. 이 기종의 우주 왕복선이 생체 인식 기술을 적용하지 못할 만큼 오래된 물건이라는 건 그 채널의 영상으로 알게 된 사실이었다.

채널의 최근 영상들은 기차나 자동차 대신 가가린컵 청소년부를 다뤘다. 나는 비비엔이 예선 경기 결과를 전망하는 영상의 내용을 떠올리려고 애썼다. 이런 상황에 부닥칠 줄 알았다면 집중해서 봐 둘걸, 하는 생각이 들었지만 뒤늦은 후회였다. 유력한 우승 후보라고 언급된 인물 중에 당장 기억나는 사람은 두 명이었다. 모두 유명한 사립 학교에 다닌다고 했다. 적실고등학교의 로나라는 사람이 유망주로 손꼽혔고, 녹등국제아카데미의 제우라는 아이는 자기 우주선을 직접 디자인했다는 소문이 있었다. 또 한 명이 더 있었던 것 같은데, 머릿속에 안개가 낀 듯 쉽게 떠올릴 수 없었다.

"아, 그리고 우리 이걸로 경기 못 뛴다."

언니의 이 말이 희미하게나마 되살아나려던 기억을 전부 흩뜨려 버렸다.

"무슨 소리야?"
"보니까 이건 연료식인데, 아까 출발할 때 마지막 연료를 다 썼어."
"그러니까 방향만 맞춰 놓은 채로 추락하는 중이다?"

언니가 대뜸 검지를 치켜올렸다. 조용히 하라는 뜻 같았다. "만약에 이거 망가지면 그냥 인터뷰 자리에 난입하는 것도 방법이야. 넌 대회에 나가고 싶은 게 아니라 엄마랑 연락을 하고 싶은 거잖아."

난 여기까지 상상했어

나는 언니가 계획을 완전히 뒤바꾸자 너무 당황한 나머지, 상금이라는 미끼를 다시 꺼낼 생각조차 하지 못했다. 불시에 튀어나온 언니의 말은 어느덧 비관으로 이어졌다.

　"어차피 그런 경기는 죄다 조작돼 있을 거고…."
　"그러면 왜 나랑 경기장 가고 있는데? 예선 참가를 안 할 거라면 굳이 등록 마감 전에 거기 갈 필요 없잖아."

　순간 떠오른 의문이었는데, 언니의 마음을 돌리는 데 의외로 효과가 있었다. 언니는 눈을 내리깔면서 대답했다.

　"그러게."

　난 이때 언니가 나와 같다고 생각했다. 단지 조금 더 많이 실패한, 그래서 조금 더 겁먹었을 뿐인 나.

　우주선의 속도가 줄어들었다. 창문 너머의 공간에 포드와 건물들이 다시 나타났고, 궤도 비행 이후 사그라들었던 덜컹거림이 다시 시작되었다. 프레임 바깥쪽의 반지에서 가가린컵 경기장이 있는 프레임 안쪽으로 이동한 우리의 눈앞에 장관이 펼쳐졌다. 우리의 위로는 하얗게 곪아 가는 지구가 떠 있었고, 아래로는 그 창백한 행성을 둥글게 감싸고 있는 프레임의 안쪽 면이 길게 뻗어 있었다. 그 한가운데에 파인 거대한 홈은 프레임 안쪽 면 전체에 걸쳐져 있었고, 그것이 가가린컵 본선 코스였다. 허가만 받을 수 있다면 당장이라도 본선 코스를 따라 지구 주변을 몇 바퀴고 돌고 싶었다. 예선전에서는 우리나라에 할당된 만큼의 짧은 코스만을 왕복해야 한다는 것이 못내 아쉬웠다.

코스 양옆에는 계단식의 관객석이 자리하고 있었다. 무중력 공간의 관객석을 굳이 계단 형태로 만든 이유가 궁금해 생각에 잠겨 있는데, 언니가 내 어깨를 두드렸다.

"꽉 잡아라…."

"뭘?!"

"아무거나!"

불시착이었다.

우주선 열 대를 일렬횡대로 세워도 넉넉할 너비의 은빛 트랙. 가엾은 우주 왕복선은 가가린컵 경기장 한가운데에 추락해 바닥을 매섭게 긁으며 멈춰 섰다.

"… 도착."

우리는 문밖으로 재빨리 몸을 던졌다. 경기장 바닥과 마찰하면서 생긴 스파크가 파도처럼 일렁였다가 사라진 지 얼마 되지 않아, 마지막 비행을 마친 우주 왕복선은 장렬히 폭발했다. 미처 숨을 고르기도 전에 저만치에서 각양각색의 로봇들이 새 떼처럼 날아왔다.

난 여기까지 상상했어

티켓을 구매하셨습니까?

그중 막대기처럼 생긴 로봇이 앞으로 나서면서 물었다. 서린 언니가 물러나라고 손을 휘저었지만, 로봇은 코앞까지 다가와 집요하게 캐물었다. 티켓을 구매하셨습니까? 티켓을 확인해야 합니다. 티켓을 확인해야 합니다. 공격적이었다. 그 로봇은 길이가 30cm도 안 되는 데다가 맨눈으로 보기에는 무기도 없었지만, 태도 하나만으로 살벌한 분위기를 만들었다.

"표가 없으면 어떻게 되는데?" 내가 물었다.

티켓이 없으면 입장하실 수 없습니다. 티켓이 없는 분은 무단 침입자로 간주하니 관리자를 호출해야 하는 점 양해 부탁드립니다.

"우린 선수 등록하려고 온 거야."

로봇을 진정시키는 동시에 언니도 경기에 확실히 끌어들일 수 있는 수였다. 금방이라도 언니의 탄식이 들려올 거라 생각했지만, 아무런 반응도 돌아오지 않았다. 뒤를 돌아보니 언니는 멍한 얼굴로 경기장 저편을 바라보고 있었다.

"뭐 해."

언니는 들은 척도 않고 경기장만 바라보았다. 내가 다가가자 팔을 뻗어 가로막기까지 했는데, 그 팔에 부딪히는 바람에 나는 공중에서 한 바퀴를 돌아야 했다.

"우리 이 경기 못 이기는 거 알지."

막 의욕에 불을 붙이려던 내게 언니는 또다시 찬물을 들이부었다. 나는 "또 왜 그래?"라며 신경질적으로 물었는데, 그 질문에 대한 답은 언니의 입에서 나오는 대신 우리 눈앞에 직접 나타났다.

보라색의 날렵한 우주선이 매끄럽게 날아왔다. 트랙에 닿을 듯 낮게 비행하는 모습은 제법 우아해서 피겨 스케이팅 선수의 움직임을 보는 듯했다. 화살촉처럼 생긴 우주선은 우리가 타고 온 우주 왕복선의 잔해 앞에 멈추어 섰다. 보랏빛 우주선의 반투명한 상단부가 미끄러져 열리자, 그 안에서 검은 점프 슈트 차림의 조종사가 걸어 나왔다.

조종사의 헬멧에는 'FK'라는 두 글자가 새겨져 있었고, 자석 부츠로 추정되는 그의 신발은 경기장 바닥에 달라붙었다. 그제야 나는 비비엔이 예선전 1위 후보로 점찍었던 나머지 한 사람을 기억해 냈다. 우리 눈앞에 서 있는 저 조종사였다. 그가 헬멧을 벗으니 검은 쇼트커트와 단단한 표정이 드러났다. 나보다 한두 살 정도 많을까? 그가 손으로 자기 이마를 문지르자 땀방울들이 미세하게 갈라져 하늘을 수놓았다.

난 여기까지 상상했어

옆에서 서린 언니가 짧게 탄식했다. 언니 역시 내가 알아차린 지점을 눈치챈 것 같았다. FK 아카데미. 반지에서 유일하게 인공 중력 장치가 가동되는 곳. 그 장치를 설치한 프레임코리아. 오늘부터 시작되는 인공 중력 국민 투표. 프레임코리아가 주최하는 가가린컵 청소년부 경기의 예선전은 내일. 이 경기는 프레임코리아가 저 사람을 주인공으로 내세운 드라마고, 우린 촬영장에 난입한 불청객이었다.

누군가 손뼉을 치며 우리 뒤에서 나타났다. 절그럭거리는 걸음 소리가 귀에 거슬렸다.

"완벽해. 단란이니까 당연하지만. 한 랩만 더 돌자."

아는 얼굴이었다. 한무. 프레임코리아 사장. 그의 얼굴은 그동안 봐 왔던 화면 속의 모습과 전혀 다를 바가 없었는데, 그래서인지 더욱 공장에서 찍어 낸 마네킹 같았다.

"네. 완벽하지는 못했습니다. 마지막에 정지하는 대신 잔해를 넘어갔어야 합니다."

단란이라는 이름의 조종사가 조곤조곤 말했다. 그의 차가운 눈빛에 한무도 약간 움츠러드는 듯했다. 한무는 "뭐 어때, 실전에서만 안 멈추면 되지." 하며 단란의 어깨를 토닥였다. "내가 분명 연습을 실전처럼 하라고 했는데도 그런 실수를 하는 게 조금 괘씸하지만 말이야."

"죄송합니다." 한무의 손을 뿌리친 단란은 우주왕복선의 잔해를 한동안 바라보더니, 아직 가시지 않은 연기와 불길을 뒤로하고 우리를 향해 성큼성큼 다가왔다.

"너."

단란이 나를 검지로 가리켰다. 서린 언니도 옆에서 버젓이 팔짱을 끼고 있는데 왜 나만 가리키는지 이해할 수 없었다.

"참가자야?"

그의 카랑카랑한 목소리에는 권위가 느껴질 정도의 무게감이 있어서, 나는 반사적으로 고개를 끄덕였다. 단란은 나를 위아래로 훑더니 한무를 돌아보며 요구했다. "초동력체랑 몸체로 쓸 만한 거 재한테 줘요. 난 실격패하는 것들이 제일 싫어." 자기의 승리를 확신하기에 나올 수 있는 배려를 끝으로, 단란은 절도 있게 걸어 비닐하우스처럼 생긴 금속제 건물로 향했다. '정비소'라고 적힌 간판이 붙어 있었다.

"못 말린다니까." 단란에게 시선을 고정하고 있던 한무가 재미있는 장난감을 본 사람처럼 웃으며 말했다.

한무는 그로부터 도망치고 싶다는 생각을 하게 만드는 사람이었다. 하지만 그가 상체를 숙여 손가락으로 내 눈가의 점을 살짝 건드리자, 나는 불쾌함

난 여기까지 상상했어

에 몸이 굳어 버렸다. 그는 낯선 물건이라도 발견한 듯 내 얼굴을 이리저리 건드렸다. 짧으면서도 긴 시간 동안 나는 시선을 아래로 떨구었는데, 자세를 유지하는 것이 힘에 부치는지 그의 다리와 복부가 미세하게 떨리는 것을 확인할 수 있었다.

"용감하기도 하지. 따라와라. 고물상에 데려다 주마."

한무가 허리를 펴고 성큼성큼 움직이기 시작했다. 우리는 다급히 그의 걸음을 따라 유영했다.

"마지막 날에 급하게 등록하는 팀이 있을 거라곤 생각도 못 했는데." 한무는 과장된 손짓으로 자기 턱을 쓰다듬었다. 그러고 보니 서류 접수를 하지 않은 게 마음에 걸렸다. 타고 온 우주선이 불시착으로 폭발해 서류를 낼 수 없게 됐다고 변명 아닌 변명을 하자 한무는 소속 학교와 이름을 대라고 했다. 언니가 서둘러 "칠색원이요. 파일럿 서린, 팀원 수영."이라고 대답했다. 본명을 말하지 않은 건 우리가 실종 아동 명단에 올라 있기 때문이었을 것이다.

"등록해 놓으마. 안전한 경주 되기를 바란다."

한무는 우리에게 말하면서도 우리가 아니라 허공을 바라보았다. 고물상으로 향하는 동안 그는 걷다가 멈추기를 서너 번 반복했는데, 우리가 따라가는 속도에 맞춰 주려고 배려하는 것 같지는 않았다. 그보다는 무언가를 골똘히 생각하느라 우리를 제대로 신경 쓰지 않는 모습에 가까웠다.

그가 우리를 데려다 놓은 곳은 '고물상'과는 거리가 멀었다. 육각형의 입구는 경기장 주변의 수많은 건물들처럼 작았지만, 내부는 생각보다 훨씬 널찍했다. 입구에 들어서자마자 경사진 통로가 나오는 것을 보니 프레임 표면 아래로 뚫어 놓은 터널로 구성된 공간인 것 같았다. 가운데의 넓은 복도를 중심으로 그보다 좁은 관들이 나뭇가지처럼 뻗어 나가는 구조였다. 자칫하면 길을 잃을 소지가 다분했지만, 여기서라면 그렇게 되더라도 안전할 것 같다는 느낌이 들었다. 그만큼 내게는 익숙한 장소였다.

이곳은 뮤지엄 오브 모빌리티, 그러니까 인간이 사용한 이동 수단의 역사를 고스란히 간직하고 있는 박물관이었다. 영상을 통해 수없이 봤던 곳. 나는 쭈뼛거리는 언니의 손을 잡아끌고 안으로 향했다. 드디어 직접 오게 됐다는 사실에 벅차올라 한무는 안중에도 없었다.

그가 말없이 자리를 뜨자마자 한 여성분이 박물관 안에서 나왔다. 지긋한 인상의 그분은 양 팔목에 전자 보호대를 차고 계셨고, 고리 대신 자석이 달린 안전줄을 두 손으로 붙잡고 계셨다. 옅은 미소 너머로 약간 곤란하다는 듯한 표정이 떠올랐다.

난 여기까지 상상했어

"오늘은 손님을 안 받기로 했는데. 설마 한무가 데려왔니?"

한숨 섞인 질문을 들은 나는 눈앞의 여성분이 누구인지 알아챘다. 우리를 맞이하러 나온 분은 뮤지엄 오브 모빌리티의 대표, 박물관장 비비엔이었다. 매주 몇 시간씩 들었던 목소리의 주인공을 내가 모를 리 없지. 우리 사이의 거리가 좁혀질수록 관장님 손목의 보호대에서 나오는 전자음이 빨라지고 길어졌다. 그러고 보니 일전에 본 영상에서 관장님이 자신의 시각 장애를 짧게 언급하고 넘어가셨던 적이 있었다.

"네, 한무 사장님 따라온 거 맞아요. 저기…."
"따라오렴."

전시장으로 들어가니 지구 시대 이동 수단의 발전 과정이 파노라마처럼 펼쳐졌다. 자그마한 탈것 모형들은 전시장 안을 자유롭게 떠다니다가, 일정 시간이 지나면 벽면에 붉은 조명으로 표시된 제자리로 향했다. 환상적인 광경에 대한 감상을 공유하고 싶어 언니 쪽을 돌아보았지만, 언니의 표정은 굳어 있었고 어깨는 잔뜩 움츠러든 상태였다. 나는 관장님에게로 시선을 돌려 영상을 잘 챙겨 보고 있다는 둥 시답잖은 이야기를 한참 흘렸다.

이윽고 은빛 자동문이 우리 앞을 가로막았다. 관장님이 손을 휘저어 그 문을 열었고, 박물관의 끄트

머리가 모습을 드러냈다.

　문 너머의 공간은 웬만한 운동장 하나와 맞먹는 크기의 창고였다. 복도에서 본 것과 비슷한 붉은색 조명이 창고 내부에 규칙적으로 배열되어 있었고, 탈것들은 그 사이사이에 아무렇게나 흩뿌려져 있었다. 오토바이부터 경비행기까지, 지구에 관한 자료를 열심히 봐 온 사람이라면 반가워할 녀석들이 가득했다. 하나같이 먼지투성이였고 거미줄까지 걸려 있는 경우도 많았다. 바로 그 점이 만들어진 지 오래된 물건이라는 점을 증명해 주었다. 보아하니 눈에 들어오는 모든 탈것이 진품이었다. 나는 가능하다면 은퇴한 노장인 그들에게 말을 걸어, 왕년의 무용담을 전부 들려 달라고 부탁하고 싶었다.

　"이게 무슨…. 이걸로 어떻게. 여기 우주선이 어딨어?"

　하지만 실제로 내 귀에 들려온 것은 절망 어린 서린 언니의 목소리였다. 이런 경이로운 현장을 보고도 절망할 수 있다는 게 신기할 따름이었다. 언니에게 바투 다가가 언니를 끌어안았다. 언니가 나에게 칠색 원 바깥의 세상을 보여 줬듯이, 나는 무덤에서 발견할 수 있는 가장 멋진 가능성을 보여 주고 싶었다.

　"우주선, 널렸잖아."

　한쪽 바퀴가 빠진 오토바이도 우주선이 될 수 있

난 여기까지 상상했어

고, 한때 명품이라 불렸던 자동차도 우주선이 될 수 있으며, 하다못해 2인용 자전거도 추진기만 달면 마녀의 빗자루처럼 날아다니는 물건이 될 수 있다. 나는 눈앞의 탈것들을 하나하나 손끝으로 가리키며 하늘의 별처럼 무수한 가능성을 늘어놓았다. 언니는 한참 후에야 내 말에 반응했다.

"장난하는 거지."

나는 아주 진지했다.

"우주선을 만들겠다고?" 그렇게 물어보시는 관장님의 표정도 모호했다. 그것은 모든 표정인 동시에 아무런 표정도 아니어서, 무슨 생각을 하시는 건지 도무지 짐작할 수 없었다. 내가 잘못 짚은 걸까? 실격패는 싫다는 단란의 말, 그 말을 듣고 우리를 이곳에 데려다준 한무. 우주선을 직접 만들라는 뜻이 아니라면 그들의 호의를 어떻게 해석해야 했을까?

"그래서 여길 보여 주신 거 아니었어요?"

관장님께서 입을 다문 채로 웃음을 터뜨렸다.

"미안하구나. 비웃는 건 아니고, 내가 아는 누구를 닮아서. 그러럼. 이 애들도 여기서 썩어 가기보다는 달리고 싶을 거야."

달리고 싶을 거야. 그 말을 듣자마자 한 스쿠터 위로 둥그렇게 덧붙어 있는 흑색의 금속 덮개가 눈에 들어왔다. 내 해석이 틀리지 않았던 것이다.

"저거, 프로토타입이죠?!"

대답은 필요치 않았다. 이것들은 반지에서 사용할 목적으로 지구에서 공수해 온 물건들이었다. 반지의 초창기 거주자들은 지구에서 쓰던 자동차의 바퀴 위로 추진기를 달았고, 창문 바깥에 단단한 철판을 붙였다. 익숙한 걸 좋아하는 사람들로서는 반지용 우주선을 새로 만드는 것보다 지구의 이동 수단을 활용하는 게 더 낫다고 생각했을 것이다. 하지만 비행 중에 자주 균형을 잃고 안전성이 떨어진다는 이유로, 프로토타입들은 현재 반지를 장악하고 있는 각기둥 모양의 포드로 대체되었다. 여기에 있는 것들은 포드가 보편화되기 이전에 만들어진 시제품이었다.

흥분에 겨워 바로 고철 더미로 뛰어오르려는 찰나, 관장님이 손으로 나를 가로막았다.

"일단 여기를 좀 정리해야지."

관장님은 목걸이를 착용하고 계셨는데, 펜던트인 줄 알았던 것은 버튼이었다. 관장님이 버튼을 누르자 창고 안의 모든 물건이 일제히 떠오르더니 자기 자리를 찾아가듯이 이동했다. 관장님은 펜던트 버튼을 자동 이동 장치라고 부르셨다. 버튼을 눌러 신호를 보내면 물체에 부착되어 있는 칩이 반응해, 미리 설정해 둔 자리로 물체가 이동하게 되어 있었다. 탈것들이 복도의 모형들처럼 가지런히 정렬된 덕분

난 여기까지 상상했어

에 그 사이를 훨씬 수월하게 누빌 수 있었다.

"좋았어."

그렇게 나는 탈것들의 무덤 앞에 선 프랑켄슈타인 박사가 되었다.

숨이 찰 때까지 창고를 구석구석 누볐다. 그러다가 작은 스포츠카를 개조하면 속도 면에서는 우월하지 않을까 싶어 쳐다보고 있었는데, 뒤에서 아직 시큰둥함이 가시지 않은 목소리가 들려왔다.

"그건 안 돼. 뭉개져 죽을 일 있어?"

창고 안의 물건을 사용해도 좋다는 관장님의 허락을 받은 이후로 언니가 처음 꺼낸 말이었다.

"여기에 우주선이 어딨냐고 했던 사람이 누구더라?"

"솔직히 아직도 말이 안 된다 싶긴 해. 댓 빙 세드 (that being said), 일단 살아야 할 거 아니야. 큰 걸 찾아봐. 다른 놈들하고 부딪혀도 으스러지지 않을 만한 거."

그 기준에 부합하는 탈것을 찾기까지는 생각보다 오랜 시간이 걸리지 않았다. 한 열차가 내 시선을 끌었다. 본래 예닐곱 개의 차량이 연결되어 있어야 하지만 기관차 한 대에 객차 두 대만이 연결된 기차였다. 프로토타입으로 쓰기 위해 추가했을 각종 장치가 살을 뚫고 튀어나온 뼈처럼 군데군데 드러나 있었다.

분명히 아는 기종인데 이름이 좀처럼 떠오르지 않았다. 뭐더라? 한국, 줄무늬, 디젤….

"무궁화호."

신성한 무언가를 부른다는 느낌으로 그 이름을 읊조렸다. 녹슨 바퀴가, 툭 튀어나온 조명이, 그리고 군데군데 벗겨진 페인트가 내게 인사하는 것만 같았다. 홀린 듯 눈앞의 열차를 향해 다가갔다. 이 녀석은 지구 기준으로 봐도 낡은 기종이었다. 앞면이 매끈한 사선을 그리는 전기 기관차와 달리, 울퉁불퉁한 얼굴을 가진 디젤 기관차. 다다다닥 붙은 네 개의 작은 창문이 마치 곤충의 눈 같았다. 내 기억이 정확하다면, 반지가 생기기도 전에 전부 퇴역한 7100호대 녀석이었다. 적어도 아흔 살은 먹었을 열차에게 함께하자는 제안을 받은 기분이었다.

서린 언니를 돌아보았다. 어색함이 피어날 정도의 시간이 흐르자, 반신반의하던 언니의 얼굴에서 의심이 서서히 사라졌다.

"될 거 같아."

나는 언니의 애매한 말을 정정해 주었다.

"돼. 우린 분명히 돼."

난 여기까지 상상했어

이제부터 이 열차에 올라 목표를 향해 달려 나가면 된다. 막막함이 전부 사라지고 홀가분해졌다. 내앞에 놓인 길은 열차의 선로처럼 일직선이었다. 이긴다. 언니와 상금 문제를 해결한다. 그리고 엄마를찾아 새로운 삶을 시작한다.

그게 내가 할 일이었다. 전학 간 아이들의 안위나,인공 중력 설치 여부에 대한 논쟁이나, 수조 속의 검은 액체는 차창 밖으로 지나가는 풍경에 불과했다.바깥 풍경을 자세히 보기 위해 굳이 창문을 열고 뛰어내릴 필요는 없었다.

관장님의 도움을 받아 무궁화호를 박물관 바깥으로 빼냈다. 이후에는 경기장의 드론들이 달라붙어열차를 정비소로 옮겼다. 옮겨지는 동안 무언가가부서지는 듯한 소리가 났고 몇몇 부품이 떨어져 나갔지만, 그렇게 신경 쓰일 정도는 아니었다. 열차가들어간 정비소는 우리에게 배정되었는데, 아까 단란이 들어갔던 정비소의 바로 옆자리였다. 트랙 바깥에 늘어서 있는 다른 정비소들보다 작은 데다가사용자를 안내하는 소형 전광판도 없는 것으로 보아 예비용으로 남겨 둔 걸 급히 내준 것 같았다.

정비소 안으로 들어가 보니 장갑, 망치, 드라이버등의 공구가 허공에 널브러져 있었다. 나는 어깨에잔뜩 들어간 힘을 의식적으로 풀고, 무궁화호로 시선을 돌렸다. 낡은 무궁화호의 모습이 난잡한 정비소와 어울린다는 생각이 들었다.

"상태가 아주… 심각하네. 시간 좀 걸리겠어." 서린 언니가 무궁화호를 바라보며 중얼거렸다. 그러고는 제자리에서 뛰어올라 드라이버 하나를 낚아챘다.

고쳐야 할 게 한두 가지가 아니었다. 탁한 창유리부터 갈아 끼워 시야를 확보해야 했고, 녹슬고 갈라진 바퀴를 교체해야 했으며, 도색도 다시 해야 했다. 우주선용 엔진을 달고 조종석을 개조하는 등의 어려운 과제까지 해결해야 하니 만만치 않은 작업이 될 것 같았다.

"오늘 안에 되겠어?"

걱정이 일어 언니에게 물었다.

"나도 그게 궁금했는데…." 언니는 말을 제대로 끝마치지 않고 드라이버를 손에서 놓더니, 정비소 구석으로 향했다. 깜빡이는 작은 조명이 달린 가죽 반장갑 한 쌍이 떠다니고 있었고, 그 앞 벽면에 달린 조명 역시 반장갑의 조명과 같은 간격으로 깜빡였다. 언니는 벽면의 버튼을 눌러 그 안쪽에 숨겨져 있던 복잡한 기계 장치를 드러내고는 장치를 조작하며 반장갑의 반응을 살폈다. 뭐 하냐고 물어보려는 찰나에 언니가 외쳤다.

"아하."

난 여기까지 상상했어

서린 언니는 지금껏 지었던 어떤 표정보다 더 밝은 웃음을 선보이며, 반장갑을 양손에 끼고 두 팔을 벌려 보였다. 그러자 정비소 벽면에서 수많은 기계 팔이 튀어나왔다. 각기 다른 공구를 든 팔들은 언니의 손짓에 따라 일사불란하게 움직였다.

"주문하시죠, 별꼬맹이."

나도 입꼬리가 찢어지게 웃었다.

열차 개조 과정은 거대한 규모의 블록 놀이 같았다.

우선 창유리를 죄다 새것으로 바꿨다. 녹슨 바퀴도 갈아 끼웠다. 가가린컵 경기에서는 다른 우주선에 대한 공격이 어느 정도 허용되기 때문에 무궁화호에도 적절한 장비가 있어야 할 것 같아서, 바퀴들 사이에 얇고 둥근 칼날을 새로 달았다. 열차 겉면의 원래 색을 거의 알아볼 수 없을 지경이었기에, 페인트칠은 우리 마음대로 했다. 열차를 가로 방향으로 이등분해 위아래를 각각 군청색과 자주색으로 덮어버린 다음, 그 사이에 탁한 연보라색 선을 가늘게 그었다. 언니는 하얀색 선을 긋는 건 어떻겠냐고 물었지만 반지의 상징과도 같은 그 색을 내 열차에 넣고 싶지는 않았다.

열차가 그럴싸한 외관을 갖추게 되었을 무렵, 드론들이 초동력체 엔진 두 개를 가져다주었다. 나는 기관차의 양옆에 지구 시절의 비행기처럼 날개를 달고, 엔진을 그 끝에 부착하자고 제안했다. 엔진을 무작정 열차 뒤쪽에 설치했다가는 초동력체 특유의 고성능 때문에 방향을 틀려고 할 때마다 열차 전체가 지나치게 빠르게 회전해 통제가 어려워질 수도 있을 것 같아서였다. 양옆으로 길게 뻗은 날개 끝에 엔진을 단다면 회전 속도를 어느 정도 제어할 수 있을 거라고 보았다.

"좋은 아이디어긴 한데, 우주선끼리 충돌하는 경우도 생각해야 해. 날개는 까딱하면 부러지기 마련이야. 그 끝에 엔진을 달았다가 날개가 날아가 버리면 엔진까지 없어지는 거라고."

언니가 지적했다. 우리는 한참 고민하다 첫 번째 객차에 이중 고리를 부착하기로 결론을 내렸다. 안쪽 고리로는 객차를 감싸고 바깥쪽 고리에는 엔진을 달기로 했다. 안쪽 고리와 바깥쪽 고리는 네 개의 가지로 연결할 계획이었다. 운전실 핸들을 이용해 고리를 회전시키면 고리에 달린 엔진의 방향이 바뀌면서 추진력의 방향도 바뀌는 구조였다.

구상보다 어려운 것은 그걸 실현하는 과정이었다. 기계를 능숙하게 다루는 언니와 정비소의 유용한 장치가 있는데도, 우리는 몇 번이나 실패를 거듭했다. 엔진이 부착된 고리와 핸들의 움직임을 동기화하는 무선 조종 시스템을 완전히 박살 내는가 하면, 브레이크를 갈아 끼우려다가 새 브레이크를 설

난 여기까지 상상했어

치해야 할 위치를 잊어버리기도 했다.

좌충우돌해 가며 문제들을 겨우 해결한 후, 대망의 엔진 장착용 고리를 한 땀 한 땀 용접해 가며 만들었다. 생각했던 것만큼 깔끔하게 완성되지는 않았지만, 사용하기에는 무리가 없을 것 같았다.

"60도 회전까지는 안정적으로 할 수 있겠다." 검댕과 땀으로 범벅이 된 언니의 얼굴이 반짝거렸다.

하지만 엔진 설치를 마무리하고 나서도, 결정적인 요소 하나가 빠져 있다는 느낌을 지울 수 없었다. 차마 개조를 마치자는 말이 나오지 않았다.

빠진 요소가 무엇인지에 대해 고민하다 보니 문득, 머릿속에 하나의 이미지가 떠올라 언니에게 물었다.

"로고 그릴 수 있어?"

"로고는 아까 덮었잖아." 지구 시절 철도 사업을 담당한 공기업의 로고 이야기였다. 나는 예쁘니까 그냥 놔두자고 했지만, 언니가 자잘한 법적 문제에 휘말릴지도 모른다면서 페인트로 덮어 버렸다.

"그거 말고, 별 모양을 새로 하나 그리자고."

서린 언니는 고개를 기울인 채로 나를 지그시 내려다보았다. 내가 무슨 말을 덧붙이길 기다리기라도 하는 것처럼 한참을 가만히 있었다. 하지만 나는 정말로 별을 열차에 그려 넣고 싶을 뿐이었다. 이윽고 언니가 결론을 내렸다.

"안 될 것도 없지."

우리는 기관차의 왼쪽 측면에 커다란 은색 별을 그리기로 했다. 앞서 칠해 둔 페인트가 마를 때까지 기다렸다가 굵직한 마스킹 테이프를 사용해 모양을 잡았다. 조금 삐뚜름했지만, 그래도 그럴싸한 별 모양이 잡혔다. 이상하게 작아 보인다는 게 유일한 흠이었다. 실제로는 충분히 컸는데, 이 정도로는 부족하다는 느낌이 가시지 않았다.

"하나 더 그리자."

마스킹 테이프로 모양을 잡은 별 옆에 훨씬 더 큰 별을 넣기로 했다. 열차에서 멀리 떨어져 로고가 그려질 자리를 바라보던 우리는 누가 먼저랄 것도 없이 어깨동무를 했다.

"큰 게 네 엄마겠지?"
"장난해? 엄마는 훨씬 커야지. 저건 언니야."

나와 언니의 입에서 동시에 웃음이 터져 나왔다.

"카페 차가 달려 있으면 좋았을 텐데. 내 로망이거든. 엄마랑 시베리아 횡단 열차처럼 긴 시간을 달리는 기차를 타면서, 가끔 카페 차에 들러서는 그동안 쌓아 뒀던 이야기를 하는 거야…. 이번에 상금을 타면 그게…."

난 여기까지 상상했어

현실이 될 수도 있는데. 말실수를 했다는 생각에 괜히 마스킹 테이프가 제대로 붙었는지 확인하는 척했다. 상금을 내가 가져갈 거라는 말을 한 셈인데도, 서린 언니는 좀 전의 말에 내포된 의미를 파악하지 못한 것처럼 아무렇지도 않게 답했다.

"올 라잇(All right)···. 그래요, 그러시든지."

언니는 주변에 나뒹굴던 페인트 스프레이를 집어 들었다. 시원한 소리와 함께 분사액이 열차의 표면 위를 매끄럽게 달렸다. 언니가 페인트칠을 마친 뒤 나는 손톱 끄트머리로 마스킹 테이프의 끝을 살짝 들어 올렸다. 짧은 들숨과 함께 팔을 휘두르자, 날렵한 소리와 함께 테이프가 시원하게 뜯겨 나갔다. 붉고 푸른 열차 위로 은빛의 별 두 개가 선명하게 떠올랐다.

우리의 우주열차는 금방이라도 힘차게 날아오를 것 같았다.

또렷한 목소리의 안내 방송이 들리는 듯했다. 우리 열차는 별길, 별길행 우주열차입니다. 별길을 타고 엄마에게 닿을 예정입니다. 가지고 계신 승차권을 확인해 주시기 바랍니다.

우리는 마감 시간이 다 되어서야 등록했다는 이유로 숙소를 배정받지 못해 열차 안에서 하룻밤을 보내야 했다. 나는 객석의 먼지를 제거하기 위해 열차 안에 남았고, 언니는 경기장을 둘러봐야겠다며 열차 밖으로 나섰다.

언니는 내 정신이 맑을 때 나가서는 내 눈꺼풀이 반쯤 감겼을 때 돌아왔는데, 우리가 이때 나눈 말들은 대강만 기억난다. 아마 우리 둘 다 잠결에 대화했을 것이다.

"이 경기, 짜고 치는 블랙 잭인 거 알지." 서린 언니가 어둠 속에서 날 내려다보며 중얼거렸다.

"보통 짜고 치는 고스톱이라고 하지 않아?"

동시에 터진 헛웃음. 나는 피곤이 몰려와 이내 눈을 감았다. 무모해 보일 정도로 대담하게 탈출을 부르짖던 캐서린과 그런 선배를 멀리서 바라보기만 했던 내가 같은 위치에서 농담을 주고받고 있다는 사실이 새삼 믿기지 않았다. 의외의 상황을 맞은 끝에 여기까지 온 게 어쩌면 다행일지도 모른다고 생각했다. 만약 모든 일이 예상대로 흘러갔다면, 서린 언니의 빛나는 본모습을 제대로 보지 못하고 미련하다고만 생각했을 테니까. 나는 눈을 감은 채로 말했다.

"언니는 내 머릿속에 영원히 남을 거 같아. 칠색원 중앙 엘리베이터로 힘차게 날아가던 그때 모습 그대로."

"그러면 안 될 거 같은데." 언니가 웃음기 없는 목

난 여기까지 상상했어

소리로 말했다. 그 뒤에는 속삭였던 것 같다. 언니의 숨결 때문에 한쪽 귓가가 간지러웠던 게 기억난다.

"이 대회는 너나 네 엄마보다 더 큰 거 알지?"

"응?"

"우리가 지든 이기든 결과는 네가 감당해야 해. 그런데 여기는 미친 듯이 달릴 사람들만 한가득 있으니까…"

그다음엔 뭐라고 했더라?

그러니까 내가 너를 지킬게. 부서지는 한이 있더라도 그렇게 할게.

[40ATF 06월 16일, 가가린컵 청소년부 대한민국 대표 선발전 D-day]

뒤통수가 열차 객석 등받이에 부딪혀 잠에서 깼다. 미처 다 치우지 못한 먼지들이 공중으로 떠올랐고, 두어 번 정도 재채기가 나왔다. 입가가 텁텁했고 목이 뻐근했다. 얌전히 자겠다고 다짐했는데도 간밤에 엄청나게 뒤척인 모양이었다. 아직 흐릿한 시야 때문에 눈을 비비며 조종석으로 향했다. 내 시계가 맞다면 지금 시간은 오후 1시 40분, 그러니까 예선 시작까지 20분도 채 남지 않은 시점이었다.

창문에 이마를 기대자, 열차 근처에서 얼쩡거리던 남자애들이 자기들끼리 키득거리며 흩어졌다. 녹색과 백색이 섞인 교복으로 보아 녹등국제아카데미 학생들 같았다. 내가 나타나서 물러난 건가 생각했지만, 곧 그들이 피한 게 내가 아니라는 사실을 알 수 있었따. 누군가 열차 바로 앞에서 몸을 풀고 있었다.

맞다. 우리 정비소가 저 사람 정비소 옆자리였지. 단란은 전날과 똑같은 차림이었다. 검은 점프 슈트, 그리고 자석 부츠. 그의 짧은 머리가 정비소 환풍기 바람에 지구의 물결처럼 찰랑거렸다. 그럴 리 없지만 윤슬이 보이는 것도 같았다. 단란 역시 빛나고 있었다. 서린 언니가 내는 것과는 또 다른 유형의 빛이었다. 정적이고 차가우면서도 날카로운 빛.

눈부신 사람은 최악의 경쟁 상대다. 지더라도 괜찮을 것만 같으니까. 이기고픈 마음이 시들어 버리니까. 나는 열차에서 내려 불나방처럼 그를 향해 다가갔다. 단란은 열차를 흘깃 보더니 "저건 무슨 걸레짝도 아니고."라며 한숨을 내쉬었다. 나는 그 말에 반응하는 대신 다른 이야기를 꺼냈다.

"칠색원 애들은 잘 지내요?"

대뜸 물었다. 다른 아이들이 괜찮다는 말을 들으면 내 마음이 한결 편해질 것 같았으니까.

"칠색원?"
"네. 지난주부터 FK 아카데미로 전학 간 애들. 거기선 막 걸어 다닌다면서요. 우린 인공 중력에 익

난 여기까지 상상했어

숙하지 않으니까 잘 적응하고 있나 궁금해서.”

단란은 정말로 내가 무슨 말을 하는지 모르는 눈치였다.

“아, 혹시 요즘엔 계속 경기장에 와 계셨어요? 애들이 전학 간 지 얼마 안 됐으니까…”

“나, 너희가 여기 떨어지기 30분 전에 도착했거든?”

거짓말을 할 사람 같지는 않았다. 이어지는 질문은 그래서 더 무서웠다.

“단체 전학이라니?”

나는 차마 말을 잇지 못했다. 아무리 경기 준비로 바쁘다 해도 다니는 학교에 전학생이 대규모로 왔는데, 그 사실을 모른다고? 설마… 정말로 전학 온 사람이 없어서 모르는 건가? 그러면 애들은? FK 아카데미로 간다면서 떠난 300명이 넘는 칠색원 아이들은?

울렁거리는 감각이 단전에서부터 올라오더니 구역질이 나오려 들었다. 몸을 제대로 가눌 수가 없어 그 자리에 주저앉았다. 아찔한 두통이 머리를 마비시켰다.

3.

생각하고 싶지도 않은데

안녕하세요, 저희는 가가린컵 청소년부 국내 예선에 참가하게 된 선수들입니다. 곧 경기가 시작됩니다! 관람 에티켓을 알려 드릴게요. 첫째….

안내 방송이 귓가를 스치고 지나갔다. 단란이 한 말을 분명히 듣긴 했지만, 잘못 들은 거라고 생각하고 싶었다. 방금 뭐라고 했는지 되묻기 위해 단란을 돌아보았지만, 그는 이미 사라진 후였다. 온 세상이 내 장기를 붙잡고 마구잡이로 휘젓는 것만 같았다. 홀로 남겨지게 되자 감각이 사고를 압도했다. 그동안 신경 쓰지 않았던 정비소 벽의 색이 눈에 들어오고, 경기를 관람하러 모여든 군중의 웅성거림이 문장 단위로 들려왔다.

이전에도 엄마가 나를 버리고 떠나는 꿈을 꿀 때면 비슷한 현상을 겪긴 했지만, 이곳처럼 탁 트인 공

생각하고 싶지도 않은데

간에서 공황에 빠진 건 처음이었다. 휘몰아치는 파도로부터 나를 지켜 줄 방파제를 찾는 심정으로 서린 언니를 찾아 나섰다. 다른 예선 참가자들은 정비소 밖으로 우주선을 끌어내고 있었는데, 나는 그 흐름을 거슬러 정비소 안으로 들어갔다.

출전 준비를 마친 무궁화호의 후미 쪽에서 다행히도 익숙한 뒷모습을 발견할 수 있었다. 언니는 웅크린 채로 작업에 몰두하는 중이었다. 어디서 났는지 모를 자석 부츠 한 켤레로 열차 바퀴 부근을 두드리고 있었던 것이다. 인기척을 느꼈는지, 언니는 내가 뭐라고 하기도 전에 싱긋 웃으며 나를 돌아보았다.

"좀 튀어나온 데가 있어서."

팔자도 좋지. 온몸의 긴장이 풀리고 안도의 한숨이 새어 나왔다. 진하고 시끄럽던 것들이 비로소 흐려지고 고요해졌다. 그렇게 마음까지도 차분해지면, 목 안쪽에 불쾌하게 걸려 있던 말도 자연스럽게 뱉어 낼 수 있게 된다.

"언니, 아까 단란이랑 얘기해 봤는데, 칠색원 애들이… 전학 갔다는 걸 몰라."
"수속이 오래 걸리는 거겠지. 한꺼번에 300명이나 갔잖아."

즉답이었다. 내가 바라던 내용의 대답이기도 했

다. 그런데도 전혀 마음이 놓이지 않았다. 치아를 뽑을 때 아무런 아픔도 느껴지지 않으면 오히려 생경한 것과 같은 이치였다. 그 낯선 기분에 무어라 이름을 붙이기도 전에 정비소 문이 저절로 열렸다. 경기장으로 나서야 한다는 의미였다.

수송 드론 네 대가 무궁화호의 양 끝을 잡아 들더니, 출발선 위에 떠 있는 열 개의 우주선들 사이에 안착시켰다. 두 삼각기둥이 모래시계 모양으로 연결된 기체, 정이십면체 형태의 기체 등 단정하고 깔끔한 외관의 다른 우주선들 틈에서 무궁화호는 튀어도 너무 튀었다. 굳이 귀를 기울이지 않아도 관객들의 술렁임을 들을 수 있었다. 웅성거림은 곧 쏟아지는 화살 같은 비웃음 세례가 되었고, 이를 고스란히 맞은 나는 우리의 처지를 다시금 실감할 수 있었다. 보기 좋게 짜여 있던 각본에 갑자기 난입한 불청객. 영과 캐서린, 그리고 무궁화호는 그런 존재였다.

"별꼬맹이. 정신 차려."

서린 언니의 손이 내 목덜미를 가볍게 그러쥐었다. 따뜻했다. 나는 이를 악물었다. 모든 의문을 뒤로하고 경기에 임해야 하는 순간이었다. 내가 일어나기 전부터 경기를 준비하고 있었을 서린 언니가 여유로운 태도를 보이자 어느 정도 안심되기는 했지만, 긴장을 완전히 풀 수는 없었다. 이윽고 카운트다운이 시작되었다.

생각하고 싶지도 않은데

3,

우리가 개조한 운전실은 직관적이었다. 난잡한 장치들은 전부 사라졌고, 운전석 앞에는 두 개의 버튼과 두 개의 핸들, 그리고 하나의 레버만 남았다. 빨간 버튼으로는 엔진, 노란 버튼으로는 열차 하단의 칼날을 조작할 수 있었다. 두 핸들은 각각 속력과 이동 방향을 결정했다. 방향 핸들 아래쪽에는 볼 조인트를 연결해, 핸들을 젖히거나 숙임으로써 상승 또는 하강할 수 있도록 처리해 두었다. 방향 핸들 오른쪽의 레버는 오로지 시동을 걸고 끌 때만 필요했다. 운전은 서린 언니의 일이었고, 시동은 내 일이었다. 출발을 준비하려 레버를 잡고 앞으로 밀어 보려 했다. 레버는 움직일 기미조차 보이지 않았다.

2,

"출발이라도 하자." 서린 언니가 나긋하게 말했다. 나는 절박함과 당황스러움에 제대로 움직이지 않는 두 손을 모아 레버를 다시 밀어 보려 했다. 녀석은 전날 때려 부은 윤활유가 무색하게 꿈쩍도 하지 않았고, 오히려 레버를 잡은 내 몸만 공중에서 한 바퀴를 돌아 버렸다.

1.

다급히 공중에서 중심을 잡았다. 의자의 머리 받침 부분에 두 발을 디딘 다음 레버가 있는 아래쪽으로 몸을 기울였다. 팔다리를 있는 힘껏 뻗어, 머리 위의 레버를 꽉 쥐고 있는 힘껏 밀어젖혔다. 뼛속까지 울리는 철컹거림과 함께 무궁화호의 기계 심장이 뛰기 시작했다. 내 심장도 덩달아 크게 박동했다.

무궁화호는 이제야 출발할 수 있게 되었는데, 진즉에 시작된 경기는 우리 사정을 봐줄 생각 따위 없는 모양이었다. 열 대의 우주선은 이미 우리를 쏜살같이 스쳐 지나갔다.

[제1랩/11팀 중 11위]

TV에서 볼 때는 가가린컵 경기장이 장식 없는 은반지의 표면만큼 매끄러운 줄 알았다. 하지만 실제로 가까이서 보니, 온갖 금속판이 조잡하게 연결되어 있어 울퉁불퉁했다. 게다가 장애물인 고철 덩어리와 경사면이 즐비했다. 결승선은 자신을 목표로 삼는 걸 허용하지 않겠다는 심산인지 아예 보이지도 않았다.

이 상황에서 가장 선명하게 보이는 건 우리의 패배였다. 순식간에 앞서간 열 대의 우주선을 어떻게 제친단 말인가? 옆자리에서 최선을 다해 경주에 임하고 있는 언니를 바라봐도 이 패배감은 가시지 않았다. 나는 언니의 열정에 초를 치는 말을 꺼내는 대신 두통을 가라앉히려고 이마에 손을 얹었다.

손이 닿지 않는 몸 안쪽에서 가려움 같은 감각이

생각하고 싶지도 않은데

일었다. 나는 이 육감의 정체를 알고 있었다. 곧 무언가와 충돌할 예정이니 얼른 도망치라는 몸속 내 비게이션의 경고였다. 지금까지는 애써 외면해 왔지만, 다른 아이들의 입양 소식을 들었을 때도 이런 무의식의 신호를 받은 적이 있었다. 그 경고를 받을 때마다 입양을 빙자한 최악의 상황이 내게 다가올까 봐 두려웠다. 그리고 두려움은 현실이 되었다.

이번 경고는 갑자기 행방불명된 칠색원 아이들과 관련한 것일지도 몰랐다. FK 아카데미로 가지 않았다면, 도대체 그들은 어디로 사라진 걸까? 이 대회에서 지면 나도 그들과 마찬가지로 온데간데없이 사라질 수도 있겠다는 생각이 들었다.

앉은 자리 옆에 있는 창문에 머리를 기댔다.

그 순간 서린 언니가 좌측 핸들을 빠르게 돌려 속력을 높였다. 관객석을 비롯한 바깥 풍경은 점점 희미해져, 끊임없이 뒤로 밀려나는 색 덩어리가 되었다. 그와 동시에 무언가 거대한 것이 우리 옆을 스쳐 지나가더니, 큰 폭발음이 일었다. 언니의 말에 따르면 참가자 하나가 벌써 낙오되었다고 했다.

이를 악물었다. 나 역시 저렇게 허망한 끝을 맞을 수도 있다. 서둘러 행동에 나서기로 했다.

"단란한테 질문 한 번만 하게 해 줘. 칠색원 애들은 전학을 갔는데 그 애들이 FK 아카데미에 없다는 게 대체 무슨 헛소리인지 알아야겠다고."

내 말이 끝나기가 무섭게 경기장의 일부로 보이는 금속판이 정면으로 날아왔다. 남들보다 뒤처지면 앞 주자들이 충돌하면서 날리는 쓰레기들을 잊을 만하면 맞닥뜨려야 했다. 언니는 방향 핸들을 급하게 오른쪽으로 돌려 충돌을 피하고, 내 부탁도 피했다.

"페이퍼 워크 진행이 느려지면 학생은 모를 수도 있다니까? 며칠 안에는 끝날 거야. 걔도 좀 있으면 자기네 학교에 전학생이 바글거리게 됐다는 소식을 들을 거라고."

"그건 언니 생각이잖아. FK 학생한테 한 번만 더 물어야겠어."

아무런 예고 없이 핸들을 뺏었다. 서린 언니가 몸부림쳤지만, 아랑곳하지 않았다. 내 조종에 따라 열차는 후진하기 시작했다. 이미 반환점을 찍고 우리와 반대 방향으로 달리고 있는 단란을 만나기 위해서는 코스를 역행해야만 했다. 곧 재빠른 소형 우주선이 후면 카메라에 잡혔다. 충돌을 경고하는 녀석의 경광등 때문에 눈이 부실 때쯤, 무궁화호의 방향을 돌렸다.

단란의 우주선과 무궁화호는 나란히 달리게 되었다.

생각하고 싶지도 않은데

"잡고 있어 봐." 핸들을 내던지듯 다시 언니에게 넘기며 말했다.

내 목소리를 단란에게 전달할 방법은 하나뿐이었다. 운전실 문을 완전히 열어젖혔다. 생전 경험해 본 적 없는 세기의 바람이 불어왔다. 핀으로 고정했던 머리는 순식간에 산발이 됐고, 눈을 똑바로 뜨고 있기가 어려웠다. 돌풍을 일으키는 강풍기 무리에 포위당한 것만 같았다. 나는 그 난리 속에서 문가에 매달려 있는 힘껏 소리를 질렀다.

"야!"

날렵한 우주선의 덮개가 극적이라고 느껴질 정도로 천천히 열렸다.

"걸레짝!"

단란은 반가운 듯 쾌활한 목소리로 응했다. 생각보다 내 말이 잘 들리는 것 같아 사정을 자세히 이야기하고 싶기도 했지만, 아쉽게도 가가린컵 경기장은 그럴 수 있는 곳이 아니었다. 뒤쪽에서 거대한 연잎처럼 생긴 우주선이 다른 녀석들을 들이받으며 돌진해 오고 있었던 것이다.

"우리 애들 정말 그쪽 안 갔어? 아직도 안 갔으면 납치당한 것 같아서!"
"납치?"

비웃음이 돌아왔다. 키득거릴 때처럼 움직이는

어깨로 보아 분명 조소였다.

서린 언니가 문을 닫아야 한다고 외치며 다가왔다. 언니를 다급히 가로막았다. 아직 제대로 된 답을 듣지 못했다. 단란이 가지런한 이를 드러내길래 내가 궁금해하는 정보를 알려 주려나 싶었지만, 그가 한 말은 이랬다.

"아주 여유가 넘치네? 딴생각할 시간도 다 있고."

억울함이 목구멍을 가득 채워 말이 나오지 않았다. 단란을 멈춰 세워서라도 제대로 된 대화를 나누고 싶었다. 그와의 첫 만남을 떠올렸다. 우주 왕복선 잔해를 뛰어넘지 못해 우주선을 멈춰 세웠던 소녀를 기억했다. 언니가 자리를 비운 틈을 타 운전석으로 몸을 날렸다. 양팔을 뻗어 두 핸들을 동시에 돌렸다. 속도를 높이는 동시에 방향을 오른쪽으로 틀었다. 단란을 막기 위한 바리케이드가 될 작정이었다.

무궁화호가 트랙에 가로로 놓였다. 전진해 오는 단란의 우주선을 정면으로 마주 보았다.

나는 문 앞에서 단란이 급정거하기를 가만히 기다렸다. 하지만 돌아온 건 여전히 열려 있는 운전석 문 너머로 들려온 말 한마디뿐이었다.

"충고 하나! 경주하러 왔으면 경주를 해."

그리고 단란은 가볍게 나를 뛰어넘었다.

생각하고 싶지도 않은데

"지금 전학 간 애들이 중요해?"

서린 언니는 핸들을 바쁘게 조작하느라 나를 쳐다보지도 않은 채로 다그쳤다. 갑자기 튀어나온 고성에 몸은 움츠러들었지만, 심장만은 성미 급한 피스톤처럼 요동쳤다.

"내가 지고 싶어서 그런 줄 알아? 애들 행방이고 뭐고 생각하고 싶지도 않은데, 이 이상한 사건이 나한테 다가오고 있잖아! 나한테!"

호흡이 거칠어져 어깨가 들썩였다.

언니는 내가 무슨 무기를 꺼낼지 미리 알고 있는 것만 같았다. 또다시 즉답으로 나를 가로막았다.

"너한테까지 올 일 없으니까 안심 좀 하라고!"

우리의 대화는 열린 문을 통해 들어오는 거센 바람에 의해 갈기갈기 찢기기 시작했다. 나는 심상찮은 분위기의 언니로부터 달아날 겸 조심스레 물러나 문을 닫으려고 잡아당겼다. 하지만 문은 꿈쩍도 하지 않았다. 결국 언니 옆으로 돌아와 무안한 기분으로 말했다.

"문이 안 닫혀."

서린 언니가 고개를 신경질적으로 절레절레 흔들었다.

"그럼 나가서 고쳐야겠네."

말처럼 쉬운 일이 아니었다. 엄청난 속도로 내달리는 열차 밖으로 몸을 내밀었다간 순식간에 날아가 버릴지도 몰랐다. 그렇다고 해서 문을 닫지 않는다면, 계속해서 밀려 들어오는 바람이 끝까지 운전을 방해할 게 뻔했다.

내가 머리를 묶으며 고민을 이어 가는 동안 언니는 아무런 말도 하지 않았다.

"화났어?"

내 물음에 언니는 잠시 후 이렇게 소리쳤다.

"화가 왜 나. 네 덕분에 나도 탈출했잖아, 잊었어?"

그 말에 마음을 놓은 나는 언니의 한쪽 손에 내 안전줄 끄트머리를 쥐여 주고 열차 밖으로 향했다. 아까 머리를 뒤로 묶어 두지 않았다면 순식간에 먼지떨이 꼴이 될 뻔했다. 바람 때문에 실눈을 뜬 채로 문을 당겨 보았다. 위쪽에서 뭔가 걸리는 느낌이 났다. 은빛으로 빛나는 용수철이 위쪽 문틀과 문 사이에 끼어 있었다.

"누가 덫을 놓은 것 같은데!"

나는 빼낸 용수철을 언니에게 보이며 외쳤다. 출발 전에 녹등국제아카데미 남자애들이 열차 근처에서 얼쩡거렸던 이유를 비로소 알 것 같았다.

"우리 정도는 쥐새끼다 이거네." 나는 언니의 농담

생각하고 싶지도 않은데

아닌 농담에 웃으며 스프링을 트랙으로 내던졌다. 문을 다시 당기니 매끄럽게 닫혔다. 안전줄을 단단히 잡고 몸을 열차 안쪽으로 끌어당겼다.

"바꿔!" 내가 한숨을 돌리자마자 언니가 외쳤다. 나는 반사적으로 몸을 돌려 운전석으로 향했다. 언니가 고개를 끄덕이는 걸로 보아 잠시 핸들을 맡아 달라고 부탁한 것이 맞았던 모양이다. 언니는 문의 상태를 살피고는, 제자리로 돌아와 이렇게 말했다.

"엄마를 찾든, 애들 행방을 묻든 그건 인터뷰에서 네 맘대로 해. 하지만 경기 중간에 내빼지는 마."

서린 언니는 고민하는 듯 양손으로 이마를 짚더니, 한 박자 뒤에 덧붙였다.

"난 상금으로 살 주거권이 필요하니까."

맞다. 상금과 인터뷰. 우리는, 그러니까 나는 아직 그 문제를 해결하지 못하고 있었다. 또 발끈해서 소리를 지를까 봐 일부러 혀를 깨물었다. 아픔이 밀려와 표정을 일그러뜨렸다. 언니의 눈에는 내가 엄마와의 만남에 상금을 쓰고 싶다는 생각을 놓지 못해 말문이 막힌 것으로 보인 모양이었다. 언니는 한층 누그러진 말투로 부탁해 왔다.

"날 위해서, 어때?"

차마 바로 대답하지 못했다. 그렇다고 해서 대답을 오랫동안 고민할 수 있는 상황도 아니었다.

　전 세계의 선수들이 참가하는 가가린컵 본선에서는 둥근 프레임 전체를 돌지만, 국가별 예선에서는 각 나라에 할당된 만큼의 코스만을 이용했다. 그렇기에 한 바퀴, 즉 1랩의 길이가 비교적 짧았다. 예선전에서 한 바퀴를 돌았다는 것은 출발점에서 반환점까지 비행한 후 다시 출발점으로 돌아왔다는 것을 의미했다. 무궁화호가 반환점에 도달해 막 회전을 시도하려 했을 때 적실고의 삼각기둥형 우주선이 무궁화호를 오른쪽으로 밀어붙였다. 그리고 뒤에서 대기하던, 뾰족뾰족한 톱니가 달린 녹등국제아카데미의 우주선이 무궁화호를 들이받고 지나쳐 갔다. 연이은 충돌 때문에 코스 바깥으로 이탈해 탈락 처리될 뻔했다.

　열차가 부서지지 않았다는 사실에 감사해야 할 지경이었다. 언니는 두 핸들을 단단히 붙잡고 코스 외곽에서 안쪽으로 이동했다.

　겨우 숨을 돌리려는데, 아까 무궁화호를 밀쳤던 적실고등학교의 납작한 삼각기둥형 우주선이 다시 나타났다. 조금 전까지만 해도 모래시계 모양으로 두 기체가 연결되어 있었는데, 이번에 나타난 것은 한쪽뿐이었다. 위장술을 쓰는 카멜레온처럼 코스와 같은 색을 띠었던 녀석은 곧 붉은 본색을 드러내더니, 열차를 밀어낼 시기를 살피는 듯 무궁화호를 조

생각하고 싶지도 않은데

금씩 건드렸다.

무궁화호의 오른쪽 위 귀퉁이가 삼각기둥의 한쪽 면과 부딪혔다. 둔탁한 충돌음과 함께 열차가 회전하기 시작했다. 핸들을 쥔 언니의 몸도, 안전줄을 붙잡은 내 몸도 태풍에 휘말린 양 휘둘렸다. 운전실 벽으로 나가떨어지지 않기 위해 안간힘을 써야 했다. 언니는 핸들을 있는 힘껏 돌려 가까스로 열차를 바로 세웠다.

두 바퀴 운행을 마치는 데까진 성공했지만 그다음이 문제였다. 삼각기둥이 다시 무궁화호의 측면으로 다가와 대각선 방향으로 들이받더니, 그 충돌을 추진력으로 삼아 앞으로 튀어 나갔다.

"안 좋네."

나는 씁쓸하게 중얼거렸다. 부딪힐 때마다 남의 우주선 가속을 돕는 셈이었다.

충돌 때문에 흔들리는 운전실만큼이나 내 머리도 요동쳤다. 진정 이 대회에서 이기고 싶다면 마음을 다잡아야 했다. 눈을 살포시 감았다.

상금 문제가 더 이상 나를 괴롭히지 않도록, 누구를 우선시할지 결정해야만 했다. 먼저 엄마가 반지로 올라오는 모습을 상상해 보았다. 엄마와 만나면 내 모든 결핍이 순식간에 해소될 것 같았다. 하지만,

엄마는 가상의 존재나 마찬가지였다. 얼굴도 목소리도 떠올릴 수 없었다.

반면 서린 언니는 실존했다. 멋진 모습을 보여 준적은 손에 꼽을 정도였고, 시간이 지날수록 처음 느꼈던 이미지와 멀어졌지만, 언니는 내 옆에 있어 주었다. 우리는 그 짧은 시간 동안 웃고, 싸우고, 또 웃었다.

난 엄마보다 서린 언니를 더 잘 알았다.

"자냐?" 언니가 따지듯이 물어 왔다.

나는 고함을 길게 내질렀다. 내 몸에서 그런 소리가 나올 줄은 꿈에도 몰랐다. 절규에 가까운 포효와 함께, 나는 서린 언니를 선택했다. 언니를 위해 이기기로 했다.

"중요한 건 우리 둘뿐이야."

눈이 번쩍 뜨였다.

"바꿔!"

여전히 미친 듯이 돌아가는 열차 덕분에, 스스로 움직이지 않았는데도 우리의 자리는 자연스레 바뀌었다. 나는 운전석에 앉자마자 두 핸들을 전부 힘껏 꺾어 날뛰는 우주열차를 길들였다.

회전을 제어하고 나니 정면에 커다란 경사면이 보였다. 피하기에는 시간이 부족했다. 의자를 붙들

생각하고 싶지도 않은데

고 충돌에 대비했다. 하지만 무궁화호는 경사면을 그대로 타고 올랐다. 고도 조절 없이도 열차가 저절로 높이 날았다.

"언니, 열두 띠 이야기 알지?"
"그게 지금 여기서 왜 나오는데?!"

"거기선 쥐새끼가 이겨!" 우리는 적실고의 삼각기둥 우주선 위에 떠 있었다. 조금 위험하다 싶을 정도로 비행 방향을 급격하게 아래쪽으로 꺾었다. 그리고 녀석을 들이받았다.

적실고 우주선의 표면이 우그러지면서, 녀석과 무궁화호의 속도는 동시에 느려졌다. 재빨리 시동 레버 옆에 있는 노란색 버튼을 눌렀다. 귀를 찢는 듯한 소음과 함께 우리 발밑의 칼날이 회전하기 시작했다. 칼날이 적실고 우주선의 표면을 뚫고 들어간 것을 확인한 뒤 속도 핸들과 방향 핸들을 빠르게 돌렸다.

이윽고 붉은 우주선은 옆으로 구르며 나가떨어졌다.

내 "그렇지!"와 언니의 "빙고!"가 겹쳤다.

[제2랩/11팀 중 8위]

핸들을 다시 언니에게 넘겼다. 우리는 같은 방법을 다른 우주선들에게도 쓰기로 했다. 일단 열차를 위로 띄운다. 고도가 충분히 높아지면 각도를 잘 맞춘 다음, 목표한 우주선을 내려찍는다. 열차의 칼날을 우주선에 꽂은 뒤 방향을 빠르게 전환해 우주선을 트랙 밖으로 던져 버린다. 규칙적인 움직임을 반복하니 조금씩 요령이 붙었다.

이 작전을 네다섯 번 반복하고 다시금 고도를 높인 순간, 나는 아래쪽 경기장에 펼쳐진 광경 때문에 눈을 휘둥그레 떴다. 부채형 우주선 한 대와 작은 화살촉 모양 우주선 한 대만이 앞에서 달리고 있었다. 뒤쪽에는 트랙에서 이탈한 우주선들이 나뒹굴고 있었고, 경기에 참가 중인 나머지 우주선들은 선두 그룹과 한참 떨어져 있어 걱정할 거리가 되지 못했다.

"저거, 저 앞에. 단란 맞지?" 나는 벌어진 상황을 뻔히 보고도 믿기지 않아서 물었다. "아까는 한참 앞에 있었잖아."

출발점으로 비슷하게 들어온 세 우주선은 다시 반환점을 향해 나아가기 시작했다. 무궁화호와 부채꼴 우주선 사이의 간격이 좁혀졌다. 이제 마지막 한 바퀴만이 남았다.

[제3랩/11팀 중 3위]

서린 언니가 멍한 얼굴로 나를 곁눈질했다. 흥분감에 표정근조차 제대로 움직이지 못하는 모양이었다. 사실 나도 그랬다. 그래서 미소를 짓지도 않았

생각하고 싶지도 않은데

고, 환호성을 지르지도 않았다. 대신 내 쪽으로 뻗은 언니의 한쪽 손을 잡고 위아래로 마구 흔들었다. 3위라니. 이게 가능한 일이었다니!

저 부채꼴의 방해꾼만 해치우면 선두에는 무궁화호와 단란의 우주선, 이렇게 둘만 남게 된다. 열차가 또 한 번 솟아올랐다. 곧 부채꼴 우주선을 향해 강하할 터였다.

그런데 무궁화호는 방향 전환 없이 계속 위로 올라가기만 했다. 운전석을 돌아보았다. 언니의 두 손은 핸들이 아닌 본인의 허벅지 언저리에서 힘없이 흔들리고 있었다. 방금 전에도, 사실 나를 향해 손을 뻗은 게 아니었던 건가. 핸들 표면에서 언니의 땀이 반짝였다.

"뭐 해?!"

나는 몸을 날려 언니를 밀치고 양손으로 핸들을 잡았다. 해야 할 일은 지금까지와 똑같았다. 내려찍고, 던져 버리기. 부채처럼 생긴 우주선은 그렇게 순식간에 사라졌다. 나는 숨을 몰아쉬고 고도를 낮췄다. 경기를 마칠 때까지 언니에게 핸들을 돌려주지 않을 작정이었다. 서린 언니 역시 내가 직접 마무리하기를 바란 듯, 아무런 반응도 하지 않았다.

우리는 화살촉 모양의 신형 우주선과 나란히 달렸다. 속력 핸들을 끝까지 힘주어 돌렸다. 손에 힘을 준다고 해서 더 빨라지진 않는다는 걸 알면서도 그렇게 했다.

누군가에게 부딪히고 가로막히는 일 없이 비행하고 있노라니, 이렇게 쉬운 경기가 또 없었다.

금세 반환점을 돌고 결승선 앞까지 다다랐다.

다시 마주한 출발점에는 기다란 천이 걸려 있었다. 한순간에 천 덩어리가 운전실 창문을 뒤덮었다. 예선이 끝났다는 신호였다.

나는 시동 레버를 당겨 열차를 정지시켰다. 그러면서 언니의 얼굴을 곁눈질했는데, 언니는 어설프게 만들어진 조각상처럼 미묘한 표정을 유지하고 있었다. 뭐 잘못된 거라도 있나? 나는 언니가 무슨 말이라도 꺼내기를 조용히 기다렸다.

짧고도 긴 침묵 끝에 돌아온 건 언니의 목소리가 아니라, 요란한 축포음이었다. 폭죽과 함성이 까만 하늘을 수놓았다. 두 손으로 귀를 막은 채 창문 밖으로 고개를 내밀어 전광판에 표시된 우리의 순위를 확인했다.

공동 1위였다.

넓은 전광판 너머 투명한 상자 안에 마련된 중계석이 보였다. 중계석 안의 사람들이 한참 빨빨거리더니, 이내 재대결이 바로 실시될 거라는 안내 방송

생각하고 싶지도 않은데

이 나왔다. 본선에 진출할 우승자를 가리는 마지막 단계였다.

[40ATF 06월 16일,
가가린컵 청소년부 대한민국 대표 선발전 결선]

재대결 코스 길이는 반 랩. 출발점에서 반환점까지 가는 데 걸리는 시간을 측정하기로 했다. 한 번에 이겨야 한다는 비장한 부담감에 이를 악물었다. 서린 언니가 내 어깨를 가볍게 토닥거렸다.

"살살 해도 돼." 언니가 말했다.

고개를 돌리는 언니를 따라 창밖의 중계석을 바라보니 앞쪽에 서 있는 한무가 눈에 들어왔다. 표정까지는 보이지 않았다. 그는 우리 혹은 단란을 향해, 손끝으로 자기 목을 베는 시늉을 했다. 나는 '저 인간 때문에 겁먹었어?'라며 언니를 비웃고 싶은 걸 간신히 참아 냈다. 한무가 이 경기를 둘러싼 시나리오를 전부 짜 뒀다고 해도, 이렇게 많은 관중 앞에서 경기 결과를 뒤집을 수는 없을 것이다.

"걱정 마. 이기면 되지."

언니의 용기를 북돋아 줄 심산으로 밝게 말했다. 경기를 한 번 치르고 나니 요령이 생겨서, 출발만 제대로 한다면 이번에는 제대로 이길 자신이 있었다. 곧 한무가 자리에서 일어나더니 마이크를 잡았다.

경기장 곳곳의 큼직한 모니터들이 그의 전신을 비췄다.

"오늘 오신 분들은 푯값 제대로 뽑으시겠네요…. 재대결이라니."

그는 공식 석상에서 늘 신고 다니던 자석 부츠를 신지 않은 상태였는데, 평소와 다른 모습에 괴리감이 일었다.

"괜찮으시다면, 이 기회를 빌려 더 멋진 이야기를 해 볼까 합니다."

경기장은 순식간에 한무의 것이 되었다. 수많은 관중이 그를 지켜봤고, 그의 이야기를 들을 준비를 마쳤다. 앞선 경기에서 우승한 우리와 단란은 단번에 그들의 안중에도 없는 존재가 된 것 같았다.

한무는 관객을 눈으로 대강 훑더니, 정장 주머니에서 붉은색의 큰 버튼이 달린 리모컨을 꺼냈다. 그는 그것이 횃불이라도 되는 양 치켜들고는 다시 입을 열었다.

"짧게 하겠습니다. 자체적인 연구 결과가 나왔거든요. 아마 마음에 드실 겁니다…."

능글맞은 웃음이 이어졌다.

"지구 생태계가 회복되고 있습니다."

관중석이 술렁였다. 그럴 만했다. 빙하기와 부식

생각하고 싶지도 않은데

성 곰팡이라는 이중 재해를 겪은 지구가 어떻게 다시 살아나기 시작했다는 거지? 하지만 한무는 이에 관해서는 설명하지 않았다.

"그러니 우리의 모행성으로 돌아갈 준비가 필요한 것입니다. 인류가 지금의 상태에, 무중력으로 인해 신체 건강이 위협받는 상황에 적응해 버려서는 안 됩니다. 바로 사흘 뒤가 국민 투표 본투표일이죠! 여러분께서 찬성해 주신다면, 인공 중력을 반지 전역에 설치해 무상으로 이용하실 수 있도록 하겠습니다. 여러분의 몸이 다시 중력에 적응할 수 있도록 돕겠습니다."

관중 대부분은 혼란스러워하는 기색이었지만, 몇몇 이들은 환호성을 지르기도 했다. 한무는 이를 음미하듯 눈을 살포시 감았다가 떴다.

"말뿐이면 섭섭하죠! 많은 분들이 모여 주신 김에, 이 자리에서 그간 저희가 이룬 성과를 보여 드리겠습니다. 프레임코리아가, FK 아카데미가 각계각층의 비웃음을 들으면서도 인공 중력 개발에 앞장선 이유를 확인하실 수 있을 겁니다…. 좋아요. 다시 대회를 시작해 봅시다."

한무는 과장된 손동작으로 리모컨의 붉은 버튼을 눌렀다. 그러자 무궁화호가 경기장 바닥으로 쿵 떨어졌고, 조종 장치 앞에 떠 있던 나와 서린 언니의 몸은 그 아래 의자 위로 떨어졌다. 우리뿐만이 아니었다. 경기장의 모두가 바닥으로 내려앉았다. 인공 중력이었다.

"가장 빠른 이만이 남기를!"

한무는 그 말을 끝으로 마이크를 놓았다. 관객석을 계단식으로 지은 이유를 그제야 알 수 있었다. 관객이 그 위에 앉아도 시야 확보에 문제가 없도록 만든 것이다. 관객석 위의 두툼한 매트는 사람들이 서로 부딪혀 넘어질 때를 대비해서 놓은 건 줄 알았는데, 바로 지금의 쇼를 위한 물건이었던 모양이다. 몇몇 이들은 갑자기 떨어진 것에 충격을 받은 듯했지만 대부분은 매트 위에서 즐거워했다. 곧 환희에 찬 관객들의 우레와 같은 박수가 쏟아졌다.

"몸은 또 갑자기 왜 이래?"

한편, 생전 처음으로 온몸의 무게를 스스로 견디게 된 나는 삭신이 아파 왔다. 그 와중에 서린 언니가 비교적 멀쩡하다는 걸 확인한 후, 상대편 우주선을 향해 고개를 돌렸다. 단란의 우주선 창문 너머로 입가에 호스 같은 걸 가져다 대는 단란의 실루엣이 보였다. 만약 저 호스가 편히 호흡하는 데 도움이 되는 보조 장치라면 당장 빌리고 싶었다. 숨을 쉬기가 버거웠다.

몸이 의자 위로 내려앉았을 뿐만 아니라 내장까지 모조리 내려앉은 것 같았다. 누군가 저 아래에서

생각하고 싶지도 않은데

내 몸속 장기들에 연결된 실을 잡아당기는 듯한 느낌이 들었다. 폐가 짓눌리는 감각 때문에 코로 호흡하는 것만으로는 갑갑해져 입으로 호흡하기 시작했다. 대다수의 관객들은 나처럼 힘들어하지 않았다. 만약 그들이 지금의 내 모습을 본다면 특이하게 행동하는 우리 안의 동물을 보듯 즐거워할지도 모르겠다는 생각이 들었다.

기본적인 호흡조차 제대로 못 하고 있는데, 이번에도 초읽기는 나를 기다려 주지 않았다. 곧 재경기가 시작된다.

3,

"견딜 만해."

2,

"견딜 만해." 조용히 되풀이했다. 일종의 자기 세뇌였다.

1.

하지만 전혀 견딜 만하지 않았다. 숨 쉬기는 점점 어려워졌다. 기운이 빠져 상체를 숙이자, 핸들이 내 아랫배를 짓눌러 호흡이 더 불편해졌다. 게다가 이제 막 출발시킨 무궁화호도 문제였다. 일단 초동력체로 열차를 띄워 비행을 시작했지만, 중력이 없었을 때처럼 일정한 빠르기로 움직일 수는 없었다. 열차의 속도는 벌써 느려지는 중이었다. 열차의 비행 궤적이

포물선의 정점에 이르면 다시 빨라지긴 할 텐데, 곧 땅으로 떨어지고 말 터였다. 이대로라면 가볍고 날렵한 단란의 우주선보다 뒤처질 수밖에 없다.

나는 자꾸만 감기는 눈을 억지로 뜨며 온 힘을 다해 서린 언니와 짧은 대화를 나눴는데, 대강 이런 내용이었다.

"객차를 버려야 해."

"뭐?"

"객차를 버리라고. 무겁잖아."

"거기 엔진 고리 달려 있잖아. 잊었냐? 그냥 아픈 것만 좀 견뎌. 져도 괜찮으니까! 어차피…."

나는 짧은 탄식을 내뱉었다. 엔진을 미처 생각 못 했네. 하지만 언니가 지게 둘 수는 없었다. 그 순간, 잠들기 직전에 꿈이 새어 나온 듯 아주 멋진 발상이 떠올랐다. 출발지에서 멀지 않은 곳에 코스 전체에서 가장 높은 경사면이 있었다. 나는 밭은 숨을 몰아쉬며 말했다. "점프대로 써야 해."

"뭐?"

이다음에 대한 기억은 살짝 모호하다. 어느 순간부터 내 입가에 산소 호흡기가 붙어 있었다. 내 폐에 산소를 불어 넣어 주는 은혜로운 기구가 어디서 났는지 언니에게 물어볼 여유가 없었다. 창밖을 보니 무궁화호는 어째서인지 직진하지 않고 대각선 방향

생각하고 싶지도 않은데

으로 달리는 중이었다. 호흡기를 벗어 던졌다.

"점프대로 써야 한다고!"

나는 내가 기억하는 언니의 마지막 물음에 대한 답을 내질렀다.

급히 방향 핸들을 꺾어 눈에 보이는 것 중 가장 높은 경사면으로 내달렸다. 몸 상태가 나빠서인지 오한이 들었고, 위아래의 이가 덜덜 떨리며 부딪혔다.

내가 세운 작전은 다음과 같았다. 중력 때문에 속도가 떨어지고 내려앉는다면 중력의 영향권 밖으로 뛰어오른다. 지구와 반지 사이의 우주 공간에서 속도를 낸 다음 경기장으로 돌아온다.

방향 핸들을 있는 힘껏 위쪽으로 꺾었다. 핸들이 그 어느 때보다 뻑뻑하고 무겁게 느껴졌지만, 결국 제대로 젖히는 데 성공했다. 열차가 경기장 위로 솟아 높이 올라갔다. 내 입꼬리도 저절로 올라갔다.

앞선 경기에서도 이랬어야 했다는 생각이 들었다. 지구의 열차는 절대 선로에서 벗어나면 안 되지만, 우주열차에는 선로랄 것이 없으니까. 지구의 중력에 붙잡혀 지구 대기권으로 떨어지지 않을 만큼 고도 설정이 적절했기만을 기도하며, 언니와 나를 위해 허공으로 뛰어들었다.

햇빛이 지구를 스쳐 무궁화호 운전실을 가득 채웠다.

우리는 두 세계의 경계를 달리고 있었다. 언니를 돌아보았지만, 갑자기 내리쬔 햇빛 때문에 언니가 무슨 표정을 짓고 있는지 알 수 없었다.

무궁화호의 궤적이 반지라는 활에 시위를 그렸다. 경기장의 중력장에서 벗어난 무궁화호는 핸들을 가만히 둬도 추락하지 않았다. 여유가 생기자, 나는 창문에 이마가 닿을 정도로 고개를 들이밀어 머리 위에 떠 있는 새하얀 행성을 올려다보았다.

지구 위를 가로지르고 있네.

실제로는 지구보다 프레임 위에 더 가까웠고, 멋들어진 시베리아 횡단 열차의 카페 칸이 아닌 너덜너덜한 무궁화호의 운전실 안에 있었지만.

"뭘 짓을 한 거야."

서린 언니가 볼멘소리로 말하며 자기 이마에 난 땀을 닦았다. 지구 대기권에 진입한 것도 아니니까 운전실 안이 뜨거워졌을 리가 없는데. 긴장한 걸까? 하지만 그 모습은 내 눈길을 오래 끌지 못했다. 언니의 머리칼 몇 올이 위로 향한 것이다. 열차가 고도를 높이는 동안 반작용으로 차분하게 가라앉아 있던 머리카락을 띄운 건 중력이었다. 지구가 우리를 끌어당기기 시작했다.

아직 아니야.

원심력이 우리를 더 멀리 내던지려면 최대한 높

생각하고 싶지도 않은데

이 올라가야 했다.

"뭘 하는 거냐니. 이기는 거지!"

언니의 짜증 섞인 어조가 마음에 걸려, 괜히 더 쾌활하게 대답했다. 그 순간 내 몸뚱이가 가볍게 떠오르기 시작했다. 지구 중력의 영향력이 더 커졌다. 이제 돌아갈 때가 됐다는 신호였다. 프레임의 대기층이 열차 아래로 보였다.

3, 2, 1.

엔진의 분사구가 지구를 향하게 핸들을 돌리고, 무거운 쇳덩어리가 경기장을 향해 빠르게 날아가도록 엔진 출력을 최대로 높였다. 위아래의 개념이 사라진 덕분에 운전석 의자 위로 떠올랐던 몸이 다시 가라앉았다.

"내려간다!"

인공 중력의 도움을 받아 무사히 트랙 위로 떨어졌다. 의자에 미리 궁둥이를 붙이고 있지 않았더라면 꼬리뼈가 쪼개질 뻔했다. 트랙과 열차 바퀴가 갑작스럽게 충돌한 탓에 스파크가 튀었다. 앞쪽을 살펴보니, 단란의 우주선은 코빼기도 보이지 않았다. 결승 지점에 설치된 흰 천이 손톱만 하게 보일 뿐이었다.

"내가 이 상황 좀 죽여준다고 하면 화낼 거야?"

기분이 좋아진 나는 속도 핸들을 건드리지 않고 결승선까지 여유롭게 달리기로 했다. 무모하게 도전한 대회에서 과감하게 승리를 거두는 순간이었다.

그래야 했다.

나도 언니도 시동 레버를 건드리지 않았는데, 전혀 예상치 못한 일이 일어났다. 결승선까지 정말 티끌만큼을 남겨 두고 무궁화호가 급정거했다. 그 순간 단란의 우주선이 거센 바람을 일으키며 우리 옆을 지나갔다. 열차 전체가 덜컹거렸다.

그 이후의 기억은 단편적인 감각으로만 남아 있다. 의자 위로 떠오른 허벅지 아래로 불어온 바람의 싸늘함, 좀처럼 가시지 않던 어지러움, 그리고 의자 등받이와 부딪힌 뒤통수에서 느껴지던 얼얼함.

무슨 일이 일어난 거지?

유난히 눈부신 조명 때문에 정신이 들었다. 어느덧 인공 중력은 사라졌고, 나는 아직 무궁화호 운전실 안에 있었으며, 산소 호흡기는 다시 입가에 씌워져 있었다.

밖으로 나가 무궁화호가 멈춘 장소를 내려다보았다. 너저분한 은빛 바닥의 금속판들 중 하나가 유난히 튀었다. 모서리가 약간 들려 있었고, 그 아래로 붉은빛이 점멸하고 있었기 때문이다. 언니 손안의

생각하고 싶지도 않은데

동전만 한 버튼도 같은 주기로 깜빡였다.

비슷한 상황을 본 적이 있었다. 버튼을 누르자 지정된 위치로 이동하던 탈것들, 지정 위치를 표시해 놓은 붉은 조명. 버튼과 연동되는 칩을 물체에 부착하면 그 이동 시스템을 쓸 수 있다고 했다. 경기 직전, 이미 개조를 마친 무궁화호 후미에서 바퀴 근처를 두드리던 언니의 모습이 떠올랐다.

하지만 무언가를 알게 됐다고 해서 바로 받아들일 수는 없는 법이다.

뭐라도 말할 요량으로 입술을 달싹이려는데, 언니가 눈을 내리깔고 나를 지나쳐 객차 문을 열었다. 언니를 따라 첫 번째 객실로 향했다. 지독한 향수 냄새가 풍기더니 마네킹 같은 불쾌한 인상을 가진 남자가 나타났다. 한무는 순식간에 언니와 눈빛을 두어 번 주고받았다.

"기대 이상이더구나. 수고했어."

내가 여태껏 본 한무의 표정 중 가장 진실되어 보이는 함박웃음이 뒤따랐다. 그는 언니의 몸이 앞으로 쏠릴 정도로 어깨를 몇 번 두들기더니, 우리 둘 사이의 어색한 기류를 알아차렸는지 언니의 품에 새까만 부츠 한 켤레를 급히 안겼다.

"정리되면 나오렴. 예선 준우승자 인터뷰 사진은 씩씩한 얼굴로 찍어야지." 그는 익살스럽게 어깨를 으쓱거리고는 빠르게 열차 밖으로 나갔다. 그의 뒷모습을 한참 동안 지켜보던 서린 언니의 고개는 순식간에 나를 향했다.

그리고 쿵 하는 소리와 함께 신발 한 켤레가 무궁화호 바닥에 달라붙었다.

"이게 뭐야?"

"신어." 서린 언니가 냉랭하게 말했다.

겁에 질려 뒤로 물러났다. 운전실로 향하는 쇠문에 등이 닿을 때까지 그렇게 했다. 서린 언니는 내 앞에 두 발을 붙들 덫을 놓고는, 아랫입술을 씹으며 나더러 다가오라고 손짓했다.

"신으라고." 언니는 강압적으로 명령하며 자석 부츠를 가리켰다. "그러면 FK 아카데미에 들어갈 수 있어."

"알아듣게 설명해 봐. 이게 뭐 하자는 거야?" 내가 물었다.

"얘기를 좀 했어. 내가 부탁했지."

서린 언니의 말에 의하면, 언니는 간밤에 한무를 찾아갔다고 한다. 칠색원에 있을 때는 탈출만을 꿈꿨지만, 막상 칠색원에서 나오니 계속 무소속으로 지낼 수는 없다는 생각이 들었다는 것이다. 이미 FK 아카데미 전학이 예정되어 있었던 언니가 전학 수

생각하고 싶지도 않은데

속을 마저 진행시켜 달라고 하자 한무는 조건을 걸었다. 원래대로라면 학교를 무단이탈한 셈이고 가린컵 접수도 가명으로 했으니 징계 대상인데, 언니가 한무의 뜻에 따라 행동해 준다면 징계를 취소하고 반지 전역에 걸었던 실종 아동 신고도 내리겠다고 했다. 경기 중계 화면에 우리 얼굴이 뜨면 시끄러워질 것이 뻔하니, 딱한 사정을 가진 아이가 FK 아카데미의 안온한 품에 안기는 그림을 만들어 주겠다는 것이었다. 한무의 요구 사항은 간단했다.

경기에서 사력을 다해 이목을 끌어라. 그리고 깔끔하게 져라.

"어차피 우리가 진짜로 이길 확률은 제로였으니 좋은 조건이었지."

상금을 내가 사용할 거라는 말을 듣고도 덤덤했던 언니의 모습이 떠올랐다. 어느 순간부터 혼자서 다른 방법을 궁리하고 있었던 거구나.

"그래서 원하는 대로 해 줄 테니까 내 팀원도 FK 아카데미에 넣어 달라고 했지만 우리 둘 다 들어갈 수는 없다더라. 그래서 너 넣으라고 했어."

어떻게 반응해야 할지 알 수 없었다. 고맙다고 엎드리기라도 해야 했을까? 언니 눈에는 내가 자기 앞가림도 못하는 어린애로 보였던 걸까? 나는 반박을 시작하고자 했다. 언니 논리의 허점을 집요하게 파고들어 질문하고, 언니의 선택이 얼마나 가식적인지 증명할 작정이었다. 하지만 그 이전에 울컥하고 튀어나온 건 격정적인 토로였다. 바닥에 달라붙은 자석 신발을 괜히 걷어찼다.

"나를 지켜 준다고 하지 않았어? 그 약속은 팽개치는 거야?"

"제발, 별꼬맹아. 정확히 그래서 이러는 거야."

"무슨 소리야?"

"넌 계속 네 머릿속의 어떤… 아이디얼한 내가 되라는 요구를 하고 있잖아. 빛나는 모습이 어쩌니, 큰 별이 어쩌니 하면서."

언니가 다그치듯 말했다.

"날 봐. 내가 무슨 대책이 있는 사람처럼 보여? 나한테는 나가야겠다는 집념만 있었지, 그다음에 관한 생각은 전혀 없었어. 제로. 그러니까 아무런 목적 없이 마냥 헤매기만 한 거잖아."

언니가 가슴속에 품은 저릿함이 내게 전가된 듯했다. 누군가 내 심장을 살짝이라도 건드린다면 금세 터져 버릴 것만 같았다. 통제할 수 없는 감정이 마구잡이로 분출될 게 분명했다. 하지만 언니는 이런 내 심정을 아는지 모르는지, 휘몰아치기를 멈추지 않았다.

"계속 나랑 떠돌 거야? 언제까지? 너한테 필요한

생각하고 싶지도 않은데

건 아드레날린 폭발이 아니라 안전하게 미래를 준비할 수 있는 집이야. 프레임코리아가 만든 학교로 가는 거잖아. 제대로 된 곳에 들어가서 지내다 보면, 네 엄마와도 연락이 닿을지 누가 알아?"

언니는 입으로 독을 뱉으면서 손으로는 나를 다독이려 들었다. 자존심 상하게도 마음이 아주 약간 진정되었다는 사실을 숨기기 위해, 필사적으로 질문을 던졌다.

"그러면 애들은, 칠색원 애들은. 언니는 알고 있는 거야? 무슨 일이 일어난 건지?"

"그게 대체 무슨 상관인데? 걔들한테 무슨 일이 일어났는지는 중요한 게 아니야. 네가 앞으로 안전할 거라는 게 중요하지." 언니가 흐느끼며 덧붙였다.

흔들림 없는 언니의 눈에서 신념을 읽어 낼 수 있었다. 견고한 표정이 낯설지 않았다. 지금껏 몇 번이고 봐 왔던 얼굴이었다. 칠색원 로비를 가로지르는, 잡힐 걸 알았다지만 그렇다고 해서 가만히 있을 생각도 없었던 캐서린의 얼굴이었다. 이런 상태의 캐서린에게 설득이란 게 통할 리 없었다.

"그래서 혹시나 이길까 봐 멈춰 버린 거야?" 캐서린의 손안에 있는 버튼을 노려보았다. 그것은 예상대로 박물관장님이 사용하시던 것과 흡사한 자동 이동 장치였다.

캐서린은 틈이 날 때마다 이 경기의 각본은 우리가 지는 구조로 짜여 있다는 소리를 했다…. 본인이 쓴 각본이니 당연히 결말을 알고 있었겠지. 나를 위해 갈쓿은 배려를 하느라 나름대로 귀띔해 준 거였다.

"그럼, 그쪽 목표는 그냥 내 발목을 잡아 두는 거였네. 아무것도 못 하게 하려고." 헛웃음이 절로 나왔다. 캐서린에게로 다가가자, 이제는 그가 두 팔을 허둥대며 뒤로 물러났다. 나는 그를 객실 문 앞까지 몰아붙였다.

"그렇지만 같이 확인했잖아. 우리 실력으로 이길 수 있었어. 이겨서…." 나는 말을 더 이을 수 없었다. 캐서린의 말대로 나도 뒷일을 제대로 생각해 본 적이 없었던 것이다. 화제를 바꾸기로 했다.

"내가 이런 결과를 원하는지… 그러니까 나한테 '안전하게' 미래를 준비하고 싶냐고 묻지도 않았잖아. 그냥 맘대로 결정한 거야?"

캐서린이 고개를 저으며 말했다. "그게 보호자가 하는 일이야."

"당장은 이해가 가지 않을 수도 있다는 건 인정해. 하지만 이게 최선이야. 너도 자신과 닮은 사람을 만나면 이러고 싶어질걸." 그렇게 말한 캐서린은 자석 부츠를 다시 한번 내게 들이밀었다. 나는 이번에도 받아 들지 않았다.

생각하고 싶지도 않은데

"아닌 거 같아." 나는 눈을 질끈 감고 중얼거렸다. "정말로 그건 아닌 거 같아."

캐서린이 손가락을 조심스레 치켜들었다. 변명이 시작되려는 기미가 보이자, 나는 짝 소리가 나도록 그의 손을 세게 쳐냈다.

"제발 꺼져. 부탁할게."

이 말을 몇 초만 늦게 꺼냈어도 울음이 터져 버렸을 것이다. 고개를 숙인 캐서린을 뒤로하고 열차 밖으로 나섰다. 쉬고 싶었다. 방금 캐서린이 한 말들과 예선 결과를 발표하는 중계진의 목소리가 한데 뒤엉켜 안개처럼 흐릿한 덩어리가 되었다.

사람들이 빠져나간 경기장 구석에서 사지를 늘어뜨린 채로 떠 있었다. 더 이상 움직일 힘도, 누군가를 믿을 힘도 없었다. 불가사리 모양의 점을 신경질적으로 긁었다.

어디선가 금속성의 발소리가 들려와 몸을 일으켰다. 두 사람이 내게 다가오고 있었다. 둘 중 하나는 칠색원에서 나와 우주 왕복선을 구하려고 시도할 무렵에 따돌렸던 그 아저씨였다. 그 역시 나를 알아본 듯 제 턱을 쓰다듬었다.

"모셔 오란다." 비꼬는 듯한 말투와 함께, 그는 나에게 손을 내밀었다. 옆에 있던 또 다른 아저씨도 동시에 그렇게 했다. 그토록 피하고 싶었던 곳으로 가게 되는 모양이었다. 마지막 반항으로, 끌려가는 대신 내가 직접 움직이기로 했다.

새까만 6인승 포드의 뒷자리에 탑승했다. 포드는 문이 닫히자마자 위로 떠올라, 프레임 안쪽의 경기장에서 프레임 바깥쪽의 반지 도심으로 이동했다. 얼마 후, 우리는 높이 치솟은 백색의 첨탑 앞에 도착했다. FK 아카데미의 유리문이 나를 삼키기 위해 안달이 난 괴물의 아가리처럼 활짝 열렸다.

건물의 로비는 온통 반짝이는 대리석으로 꾸며져 있었는데, 몰려든 인파 때문에 거기 눈길이 오래 머무르지는 않았다. 커다란 카메라와 목에 건 명찰에 새겨진 언론사 로고로 보아 기자들인 것 같았다. 모두의 시선이 같은 곳을 향하고 있었다. 반지의 일반적인 건물과는 달리 위아래가 확실히 구분된 로비에는 툭 튀어나온 단상이 하나 있었는데, 거기서 아까와는 다른 넥타이를 맨 한무가 기자들과 잡담을 나누는 중이었다.

내 양팔을 하나씩 잡은 FK 아카데미 아저씨들이 인파를 헤치고 단상으로 올라갔다. 내 앞에는 자석 부츠가 놓여 있었는데, 이번에는 저항 없이 그 속으로 발을 집어넣었다. 내 발에 비해 조금 컸다. 부츠는 바닥에 단단히 붙어 있었지만 내 몸이 떠오르는 바람에 발목 부근이 약간 쓸렸다. 아저씨들은 곧 단

생각하고 싶지도 않은데

상 아래로, 아마도 카메라의 시야 밖으로 빠졌다.

한무가 나를 보고 씩 웃더니, 기자들 뒤의 프롬프터가 띄우는 글을 읽어 내려가기 시작했다.

"제 뒤의 친구는 아마 여러분 모두의 이목을 끌었을 거라고 생각되는데요…."

플래시가 마구 터져 반사적으로 눈을 감았다. 사진을 찍은 적은 있어도, 촬영의 대상이 된 것은 처음이었다. 도마 위에 놓인 고기가 된 것만 같았다. 무의식적으로 목에 걸고 있던 필름 카메라를 꼭 쥐었다.

"경찰에게서 듣자 하니 칠색원에서 빠져나온 아이라 하더군요. 가가린컵 청소년부 대회에는 가명을 써서 참가했고요. 자세한 사정은 제쳐 두고…. 칠색원이라는 시설의 존재 이유를 묻지 않을 수 없네요. 아이들이 도망쳐 나오게 만들고, 적극적으로 찾아 나서지도 않았고, 이번 대회에서 모습을 드러내기 전까지는 어디 있었는지도 몰랐다고 하고. 이렇게 무책임한 교육 기관을 과연 신뢰할 수 있을까요?"

칠색원에 남아서 뭐 하겠냐고 묻던 원장 선생님이 떠올랐다. 그분은 나와 캐서린을 포기했던 걸까? 한무 때문에 괜히 생각이 거기까지 닿아 기분이 더 음울해졌다.

"그래서! 반지 최초의 보육 시설인 칠색원을 포함

해, 반지 세대를 교육하는 모든 시설을 프레임코리아가 인수해 관리·감독하기로 했습니다…. 적실고등학교, 녹등국제아카데미, 뭐가 됐든 간에 전부 제가 맡는 겁니다. 우리 단란이의 우승 상금은 그렇게 사용될 겁니다."

좌중이 술렁였다. 저 장황한 말을 내 입장에서 요약하면, 결국 이런 얘기였다. 나는 엄마를 찾지 못했고 검은 물이 들어찬 수조와 사라진 칠색원 아이들에 대해서도 무엇 하나 알아내지 못했는데, 칠색원이 프레임코리아에 인수될 빌미를 제공해 버리기까지 한 것이다. 내가 다 망쳐 버렸다.

어디선가 톡톡거리는 소리가 들려왔다. 거슬렸다. 내 멍청함을 비웃는 것 같기도 했고, 어떤 임무의 제한 시간을 알려 주는 것 같기도 했다. 손으로 귀를 막으려 했지만 옆에 서 있던 FK 아카데미 아저씨가 내 손을 쳐 내렸다. 그리고 우렁차게 외쳤다.

"질문 받겠습니다." 한무는 기자들이 손을 들기 시작하자 나를 향해 잠깐 몸을 숙이더니, "끝나고 원장실로 와라." 하고 속삭였다. 당연하게도, 난 FK 아카데미의 원장실이 어디 있는지 몰랐다. 곧바로 질의응답이 시작되었기에 그게 어디냐고 물을 시간은 없었다.

"경기장에서 언급하신 지구 귀환 프로젝트 관련입니다. 지구로 돌아갈 수 있다면 왜 굳이 반지 전역

생각하고 싶지도 않은데

에 인공 중력 장치를 설치하려는 건가요? 여기 오래 남을 이유가 없으니 지구 귀환을 준비하는 재활 훈련 센터 몇 개를 짓는 걸로도 충분할 텐데요." 한 기자가 물었다.

한무는 그 질문을 기다렸다는 듯 잇몸을 드러내며 웃어 보였다.

"훌륭한 질문입니다. 우선 첫째로, 저는 '충분한' 수준에 머무르고 싶지 않습니다. 인류의 안전을 위해서는 돈을 아끼지 마라. 아버지가 프레임코리아를 경영하실 때 항상 그렇게 말씀하셨죠. 저는 그분의 유지를 잇는 겁니다." 그는 이렇게 말하고 숨을 크게 들이켰다. 뒤이어 어깨를 펴고, 근엄한 척 목소리를 깔며 말을 이었다.

"둘째로… 기자님이 생각하시는 것보다 이주에는 시간이 오래 걸릴 겁니다. 현실적으로 모두가 한꺼번에 지구로 돌아갈 수 없다면, 미래 세대, 반지에서 나고 자란 우리 반지 세대를 먼저 내려보내는 것이 맞지 않겠습니까? 간절한 마음으로 아이들을 반지에 올려보냈던 지구의 부모님들처럼요. 우리는 그동안 인공 중력에 적응하면서 기다리는 겁니다."

나는 이 말을 듣고 아까 기자가 한 질문이 사전에 계획되었을 거라고 짐작했다. 막힘없이 나오는 대답이 너무 의심스러워서였다. 한무의 답변이 끝나자마자 그의 뒤쪽 벽에 커다란 로켓의 홀로그램이 영사되었는데, 땅에 떨어진 로켓에서 지지대 몇 개가 마법처럼 나타나더니 이내 로켓이 한 채의 건물로 바뀌는 모습이었다.

"이 건물은 아이들의 지구 귀환을 돕는 보호소입니다. 내일부터 로켓 제작이 시작될 겁니다. 우리가 반지에서 아이들을 태운 로켓을 쏘아 내리면, 지구에 남아 있던 분들이 간단하게 몇 가지 보강을 해 줌으로써 건물이 완성되는 거죠. 아이들은 그 안에서 지구 환경에 적응하는 훈련을 받게 될 예정입니다. 지구 측과는 전부 합의된 사항입니다." 한무는 자신감 넘치는 얼굴로 빙그레 웃었다.

기자들의 열광을 끌어낸 이 답변 이후, 시답잖은 문답이 한참 동안 이어지다가 기자 회견이 마무리되었다. 기자들은 다들 한무에게 깍듯이 허리를 숙이며 "수고하셨습니다." 인사하고는 제 갈 길을 갔다. 나는 아무런 생각 없이 그들을 따라 했다. 별다른 의도가 있었던 게 아니라, 여기에 온 이상 내가 할 수 있는 일은 없다는 패배감 때문에 그곳의 질서에 순응해 버린 것이다.

"수고하셨습니다."

"어른한테는 인사를 그렇게 하는 거 아니야." 기자들이 낄낄거리며 웃었다. 나무라는 건지 장난치는 건지 분간이 가지 않았다. 어느 쪽이든 간에 확실

생각하고 싶지도 않은데

한 것은, 내 등을 거듭 치는 그들의 손길이 헛구역질을 유발할 만큼 불쾌했다는 사실이다.

나는 사람들이 거의 자리를 뜬 뒤에도 여전히 로비에 남아 있었다. 아직 떠나지 않은 몇몇 기자들의 손가락이 패드 위를 누비는 소리가 로비에 울려 퍼졌다. 기자들은 정리하는 데 시간 좀 걸리겠다는 대화를 주고받았다. 한무가 워낙 길게 얘기했으니, 이 자리에서 마저 정리할 생각이라면 한참 동안 머물러 있어야 할 터였다. 그 와중에도 여전히, 어디선가 톡톡거리는 소리가 났다.

환청이 아니었다.

소리가 나는 곳을 찾다가 천장을 올려다보았다. 어떤 물건이 환풍기 커버의 틈 사이에 끼어서 흔들리고 있었다. 새까만 고무줄에 달린 빨간 수박 모양 장식 두 개. 세연이의 머리끈이었다.

홀린 듯 머리끈을 쳐다보았다. 세연이가 근처에 있었던 걸까? 여기까지 온 아이의 전학 처리가 아직도 되지 않았다니. 설마 정말로 무슨 일이 생겼던 걸까? 그 애가 여기서 잘 지내고 있는지 확인해야 했다. 그럴 수만 있다면 나에게 무슨 일이 일어나든 상관없었다. FK 아카데미 측에서 정보를 알려 줄 리가 없으니 혼자 자유롭게 움직일 방법을 찾아야 하는데, 마땅한 아이디어가 떠오르지 않았다. 한숨을 쉬며 고개를 숙였다. 그제야 바라본 단상 바로 아래,

아까 한무가 서 있던 자리에는 대리석이 깔려 있지 않았다. 그 대신 조그마한 잿빛 해치가 설치되어 있었다.

불편한 자석 신발을 조용히 벗고 몸을 아래로 숙였다. 두 손으로 해치의 핸들형 손잡이를 붙들었다. 손잡이는 살이 순간 달라붙을 정도로 차가웠다. 아무런 보안 장치도 없는지, 조금 뻑뻑할 뿐 확실히 돌아갔다.

해치를 열고 싸늘한 지하실로 들어서자, 갑자기 동작 하나하나가 힘겨워졌다. 피부 안에 있는 것들의 무게가 느껴졌다. 사다리를 겨우 타고 내려온 뒤 바닥에 납작 엎드린 채로 기었다. 차디찬 바닥이 내 몸을 이루는 세포 하나하나에 낚싯줄을 걸어 아래로 잡아당기는 것만 같았다. 인공 중력이었다.

아무래도 일어나서 움직이는 데 빨리 적응해야 할 것 같아 팔꿈치를 바닥에 대고 몸을 일으켰다. 후들거리는 두 다리로 바닥을 딛고 서서 좁은 공간을 둘러본 나는, 다음에 해야 할 일이 무엇인지 알아챘다.

계단 내려가기.

희미한 조명이 빛나는 구석 부분이 계단의 시작점이었다. 나선형 돌계단은 끝이 보이지 않을 만큼 아래로 깊이 이어져 있었다. 벽에 기댄 채로 한 발짝씩 걸음을 옮겼다. 호흡 두 번마다 계단 한 칸. 그렇

생각하고 싶지도 않은데

게 200여 번의 호흡을 반복했다.

계단의 끝에는 녹이 슨 직사각형 쇠문이 있었다. 몸무게를 실어 온몸으로 밀어젖혔다. 문 너머의 공간에는 조명이 켜져 있지 않았다.

"세연아?"

혹시나 하고 불러 봤지만 아무런 대답도 들리지 않았다. 한 걸음을 내디딘 순간 문턱에 걸려 넘어질 뻔했다. 놀라서 지른 비명이 어둠 속에서 메아리쳤다.

두 발로 걷는 일은 고역이었다. 움직일 때마다 몸무게가 한쪽 발로 쏠려 몇 번이나 고꾸라질 뻔했다. 단단하고 커다란 무언가가 앞을 가로막길래 바로 뒤돌아서 등을 기댔다. 급히 움직이다 보니 살짝 부딪히듯이 기댔는데, 그 작은 충돌 때문에 기침이 터져 나왔다. 목 안쪽에서 일어나는 폭발을 몇 차례 견디고 나니 이상하게 쇠 맛이 입안에 감돌았다. 혀를 굴려 보았다. 침과는 전혀 다른, 뜨뜻미지근한 액체가 느껴졌다.

피였다.

화들짝 놀라 고개를 치켜들자, 백색 조명이 대뜸 켜지면서 공간 전체를 선명하게 비추었다.

"미치겠네."

혼잣말이 절로 나왔다. 내가 다다른 곳은 연구소

인 것 같았다. 넓은 공간은 온통 새하얗게 칠해져 있었고, 벽에는 흰 가운과 우주복이 일정한 간격으로 걸려 있었다. 우주복에 자석 부츠가 달려 있다는 점이 특이했다. 그보다 더 눈에 띄는 것은, 빼곡히 줄지어 늘어선 원통형의 투명한 수조였다. 내가 기대고 있던 것도 이곳에 있는 수많은 수조들 중 하나였다.

이런 물건을 전에도 본 적이 있었다. 수송선 안에 있던, 검은 액체로 가득 찬 원통형 수조. 이 수조 속의 액체도 시커멓지만, 연구소의 밝은 조명이 미약하게나마 투과되어 그 속에 담긴 사람의 형상이 보였다. 눈에 보이는 모든 수조에 인간이 한 명씩 들어 있었다. 좁은 사육장에 동물을 한 마리씩 가둔, 지구의 축산 시설을 방불케 하는 광경에 숨이 턱 막혔다.

수조의 벽면은 이중으로 되어 있었고, 바깥 벽면에는 세로로 긴 틈이 존재했다. 그 양옆을 밀어서 열수 있는 구조인 듯했다. 틈의 중간 부분에는 잠금장치가 설치되어 있었다. 지문 인식을 통해 열리게 되어 있어서 손쓸 방법이 없었다. 그 옆에 붙어 있는 네모난 종이로 시선을 옮겼다. 누군가의 이름과 나이, 그리고 '반지 세대' 여부와 '중력 수치' 항목이 기재되어 있었다.

성연/13세/반지 세대 ×/중력 수치 4

"아, 설마."

생각하고 싶지도 않은데

수아/16세/반지 세대 ×/중력 수치 4

자석 부츠를 신고 원장 선생님을 찾은 남자가 FK 아카데미로 보내 달라고 말했던 그 아이들. 나는 가쁜 숨을 쉬며 이름 하나를 찾아 뛰어다녔다. 알고 보니 오래 돌아다닐 필요가 없었다. 이곳에 들어와 맨 처음 기댔던 수조에 그 이름이 붙어 있었던 것이다.

세연/09세/반지 세대 ○/중력 수치 4

세연이의 위치를 확인한 나는 주변을 더 살피면서 종이에 적힌 이름을 확인했다. 전부 칠색원 아이들이었다. 새 삶을 시작하고 있어야 할 아이들이 수조에 갇혀 있었다. 나는 주먹을 꼭 쥐고 수조를 마구 두들기기 시작했다. 깨지기는커녕 꿈쩍도 하지 않았다.

"왜 불길한 예감은 빗나가지를 않을까."

수조는 아이들 이름 가나다순에 따라 정렬되어 있었다. 사미타가 있는 수조도 찾고 싶었지만, '사'로 시작되는 이름의 아이는 여기에 없었다. 내가 들어온 문의 대각선 방향에 있는 또 다른 문도 계단과 통했다. 계단 옆 벽에는 올라가면 연구소 3구역, 내려가면 연구소 5구역으로 갈 수 있다는 안내가 적혀 있었다. 둘 중 한 곳에 사미타가 있을 텐데, 더는 움직일 힘이 없었다. 물리적인 형체가 없는 무언가에 짓눌리는 느낌이 들어 결국 주저앉고야 말았다.

한동안 숨을 고르다가 겨우 일어나, 목에 걸고 있던 필름 카메라를 들었다. 플래시를 켜고, 셔터 스피드 다이얼을 돌리고, 촬영 준비가 되었다는 표시등이 켜지기를 기다린 다음 셔터를 눌렀다. 연구소의 전체적인 풍경, 수조에 붙어 있는 종이, 그리고 아래 위층으로 통하는 계단을 담았다. 계단은 중력이 존재하는 곳에서만 쓸모가 있는 만큼, 이곳이 FK 아카데미의 내부임을 증명해 줄 터였다. 거기까지 찍고 나니 필름 감기 레버가 더는 돌아가지 않았다. 필름을 다 쓴 것이었다.

나는 이마를 짚으며 스스로에게 물었다.

"이제 어떡해야 하지?"

영화 속에는 언제나 그런 인물이 있었다. 주인공의 선택으로 세상의 명운이 갈릴 거라고 일깨워 주며, 그를 옳은 길로 인도하는 사람. 하지만 나는 이 세상의 주인공이 아니었고, 나를 계속 인도해 줄 사람이라고 생각했던 캐서린은 나를 속였다. 필름 카메라를 꽉 쥐었지만 식은땀 때문에 금방 미끄러졌다. 놓치면 안 된다고 생각해 붙잡으려 하면 이상하게도 꼭 놓치게 되곤 했다.

여기에 있는 아이들도 놓치게 되는 걸까. 물론, 나 혼자서 할 수 있는 일은 많지 않았다. 그렇다고 손을 놓으려니 지금까지 해 온 노력이 아까웠고, 행복한

생각하고 싶지도 않은데

미래를 꿈꾸던 아이들을 수조에 가둔 FK 아카데미의 횡포에 치가 떨렸다. 여기서 포기한다면 나 또한 수조 속에 들어가게 될 것이다. 할 수 있는 데까지는 해 봐야 했다.

지금까지 알게 된 사실들을 머릿속으로 되짚었다. 수조 안에는 칠색원 아이들이 있다. 전학 간 아이들 300여 명이 모두 여기에 있는지는 몰라도, 최소한 수십 명이 있다는 건 확인했다. 수조에 붙어 있는 종이에는 아이들이 반지 세대인지 아닌지가 표시되어 있었고, '중력 수치'라는 숫자도 적혀 있었다. 반지에서 태어나고 자란 사람들과 그렇지 않은 사람들을 구분해 중력에 대한 무언가를 실험해 보려는 것 같았다.

한무는 토론 프로그램에서 아이들을 위해 인공 중력 장치를 설치해야 한다고 말했다. 뭐가 아이들을 위해서야. 가가린컵 예선 경기장과 여기에서 인공 중력을 경험한 나는 온몸을 짓누르는 통증에 시달렸고, 호흡하는 데 어려움을 겪었고, 기침하다가 피를 토했다. 내 몸의 반응으로 한무가 인공 중력의 폐해를 감추고 있다는 것을 자연스럽게 알 수 있었다. 하지만 그가 경기장에서 잠깐 인공 중력을 선보였을 때 관람객들이 어떻게 반응했는지를 떠올려 보니, 누구나 나처럼 생각할 것 같지는 않았다.

한무가 대중에게 한 말이 거짓이라는 객관적인

증거는 아직 현상되지 않은 카메라 속의 사진이 전부였다. 실험 대상인 아이들의 증언이 필요했다. 여기 있는 칠색원 아이들 모두를 구해서 다 같이 어느 언론사든 찾아갈 수 있다면 좋겠지만, 그건 현실적으로 불가능한 일이었다. 목표를 훨씬 더 작게 구졌다.

우선 한 사람만 구하자.

세연이가 들어 있는 수조 앞으로 갔다. 내 힘으로 수조를 부술 수 없다면, 수조를 열어야 했다. 캐서린은 원장실 문의 잠금장치를 자석 부츠로 무력화했다. 이 수조의 잠금장치 역시 같은 방법으로 해제될지도 몰랐다. 캐서린이 쓴 방법을 따라 하자니 자존심이 상했지만, 어쩔 수 없었다. 이 순간만큼은 캐서린처럼 생각해야 했다.

근처 벽에 걸려 있는 우주복에서 자석 부츠만 떼어 가져오려고 했는데 이 우주복은 일체형이었다. 무거운 헬멧부터 자석 부츠까지 모두 연결되어 있었다. 들고 걷기가 너무 힘들어서 결국 질질 끌고 왔다.

부츠 바닥에 달린 자석을 수조의 잠금장치에 문질렀다. 하지만 장치는 묵묵부답이었다. 차라리 잡음이라도 내 주면 고맙겠다는 생각이 들 지경이었다.

겨우 떠올린 방법이 수포로 돌아가자, 나는 수조에 손을 짚고 이마를 기댔다. 나도 모르게 세연이에

생각하고 싶지도 않은데

게 주절거리기까지 했다.

있지, 네가 알면 진짜 화낼 만한 짓을 했어. 나는 인공 중력 때문에 헐떡이면서도 말을 이었다. 너 빼놓고 가가린컵에 정말로 참가했는데, 2등 했어. 파일럿이 누구였게? 캐서린 선배. 웃기지. 근데 우리 그동안 엄청나게 친해졌어….

그러고는 수조 벽에 등을 기댄 채로 천천히 미끄러져 주저앉았다.

"이럴 때 언니한테 도와 달라고 해야 하는데."

그 순간 수조 벽이 미세하게 울렸다. 급히 자리에서 일어나 검은 수조를 노려보았다. 당연하게도, 세연이가 자력으로 거기서 빠져나오는 일은 일어나지 않았다. 다만 수조 안쪽 벽에 동그란 살구색 덩어리 하나가 생기는 변화가 일어났다.

손가락 끝이었다. 세연이가 손가락으로 나를 가리킨 것이다.

그 작은 살덩어리가 내게 말을 거는 듯했다. 머릿속에서 극한의 권위를 가진 목소리가 울렸다. 언니가 의심을 이어 간 끝에 우리를 발견했으니, 우리 처지를 알려야 할 사람도 언니야. 자기 행동에 책임을 져. 나는 힘없이 대답했다.

"이런 일에 휘말리고 싶지 않았다고."

주인공은 나 말고 따로 있는 거 아니었어? 비리를 폭로하고 세상을 바꿀 힘이 있는 사람들. 이건 그런 사람들 할 일이잖아.

세연이는 손가락을 거두지 않았다.

정말로 내가 FK 아카데미 사람들이랑 싸워서 이길 수 있을 거라고 생각해? 속으로 그렇게 묻는데, 고요했던 문 바깥쪽이 갑자기 소란스러워졌다.

금속성의 발소리가 시계추 똑딱이는 소리처럼 일정한 박자로 들려왔다. 심지어 점점 가까워지고 있었다. 세연이를 구하려면 빨리 어떻게든 해야 한다는 뜻이었다.

수조를 넘어뜨려 보려고 온몸으로 부딪쳐 보았지만, 꿈쩍도 하지 않았다. 발소리는 그사이에도 계속 가까워졌다. 고작 문 하나, 잠금장치 하나 때문에 모든 게 수포로 돌아가기 일보 직전이었다. 분한 마음에 수조를 걷어찼다.

시큰거리는 발목을 부여잡으며 주저앉았다. 쓸린 상처가 눈에 들어왔다. 어제 채워졌던 족쇄가 피부를 자기 모양대로 긁어 놓았던 것이다. 캐서린의 손목에 묶여 있던 우주 활동용 안전줄도 그렇게 선명한 자국을 남겼다. 캐서린은 그것을 순식간에 풀었고, 칠색원 탈출 이후 내 발목의 족쇄도 풀었다. 그리고 이렇게 말했다.

생각하고 싶지도 않은데

똑같은 데서 만든 제품이면 푸는 방법도 똑같지.

한편 한무는, 우주 활동용 안전줄을 만드는 회사인 프레임코리아의 사장인 그는 이렇게 말했다.

인류의 안전을 위해서는 돈을 아끼지 마라. 아버지가 프레임코리아를 경영하실 때 항상 그렇게 말씀하셨죠.

캐서린이 족쇄를 풀었던 순간을 되짚어 보았다. 족쇄를 이리저리 돌려 보던 캐서린은 그것을 위로 확 올려 내 발목에 꽉 끼게 만들었다. 아프다고 외치려던 순간에 발목이 자유로워졌다. 캐서린 손목의 안전줄도 같은 방법으로 풀렸던 거라면, 프레임코리아 제품에는 신체 일부가 끼는 것을 막는 시스템이 존재할 수도 있다.

나는 수조 벽에 세로로 길게 나 있는 틈을 응시했다. 잠금을 풀려고 머리를 굴릴 필요가 없을지도 몰랐다. 잠깐의 물리적인 고통만 견뎌 낼 수 있다면….

나는 수조의 양쪽 문이 만나는 틈 사이를 오른손 새끼손가락으로 살짝 눌러 보았다. 문의 끝부분은 실리콘처럼 물렁물렁한 물질로 덮여 있어서, 손가락 하나 정도는 넣을 수 있을 것 같았다.

지금 할 수 있는 게 이것밖에 더 있어?

숨을 크게 들이켰다. 새끼손가락 끝을 틈 안으로

천천히 밀어 넣었다. 틈에 낀 부분 바로 아래쪽 살은 허옇게 변했고, 그 아랫부분은 시뻘게졌다. 그래도 멈추지 않고 약지에 중지까지 들이밀었다. 마침내 세 손가락의 끝이 수조 안으로 들어갔다. 손끝에 닿은 검은 액체의 질감이 느껴지지 않을 정도로 아팠다. 비명을 내질렀다. 분명 문밖에도 들렸을 것이다.

그리고 그 순간, 펑 하는 소리와 함께 수조의 양쪽 문이 확 열렸다.

설탕 섞인 음료처럼 끈적한 흑색 액체가 순식간에 쏟아져 나와 나를 덮쳤다. 문틈에 넣었던 손가락 끝이 화끈거렸다. 피부가 뜯겨 나간 듯했다. 뒤이어 얇은 가운 차림의 세연이가 내 쪽으로 고꾸라졌다.

숨은 쉬고 있었지만 온몸에 힘이 빠진 채로 축 늘어져 있었다. 나는 이런 상태가 제일 싫다. 죽음을 닮은 무력한 상태. 이 아이에게 생기를 되돌려 주어야 했다. 자기 행동에 책임을 지라는 말을 들었으니 그렇게 할 작정이었다. 양팔로 세연이를 안아 들고 일어서 걷기 시작했다. 허리와 허벅지가 끊어질 듯 아팠지만, 감당하기로 마음먹었다.

몇몇 기자들이 아직 로비에 있을 터였다. 녹음해 둔 한무의 장광설을 토씨 하나 틀리지 않게 받아 적고 있겠지. 내 목표는 그들과 접촉하는 것이었다.

그들의 카메라 앞에 세연이를 데려다 놓는다. 놀

생각하고 싶지도 않은데

란 기자들은 계단을 한참 내려가야 다다를 수 있는 연구소까지 몰려가 FK 아카데미가 비밀리에 진행 중인 생체 실험의 존재를 까발리고야 만다. 한무는 명확한 물증을 확보한 언론과 경찰에게서 도망치지 못하고 응당한 벌을 받는다. 해피 엔딩.

물론, 어디까지나 계획일 뿐이었다. 지금의 몸 상태로는 문밖의 사람을 제칠 자신도 없었을뿐더러, 설령 제친다 하더라도 로비에 무사히 도착하기는커녕 계단조차 제대로 오르지 못할 것 같았다. 이윽고 연구소의 쇠문이 삐걱거리며 열리기 시작했다. 문이 활짝 젖혀지자, 실험실의 조명이 어두운 문밖으로 쏟아졌다. 냉랭한 백색광은 한 사람의 얼굴을 또렷하게 비추었다.

단란이 문밖에 서 있었다.

4.
안녕, 애들아

아이들을 먼저 지구로 돌려보내고, 우리는 이곳에 남아 미래를 준비합시다. 반대할 이유는 없습니다. 19일의 본투표에서 찬성표를 던져 반지에 인공중력을 설치해 주세요.

　　　　- 여러분의 반지 생활 지킴이, 프레임코리아.

아홉 살짜리 여자애를 안아 든 두 팔이 저려 오기 시작했다. 그 와중에 오른손에서 흘러내리는 뜨뜻미지근한 피는 멈출 생각을 하지 않았으며, 입안에서 나는 쇳내도 좀처럼 가시지 않았다. 호흡이 잘되지 않아서인지 의식이 점점 흐릿해지는 중이었다. 그러니 익숙한 얼굴과 마주한 내 입에서는, 자연스레 이런 말이 나올 수밖에 없었다.

"도와줘."

안녕, 얘들아

단란은 제자리에 가만히 선 채로 눈을 거듭 깜빡였다. 눈앞의 상황을 받아들이기 위해 애쓰는 것 같았다. 나는 세연이의 발을 바닥에 내려놓고, 오른쪽 팔로 그 애를 부축했다. 자유로워진 왼손을 흔들어 단란에게 이쪽으로 오라고 손짓했다.

"애를 여기 놔둘 순 없다고."

단란은 한 걸음씩, 천천히 다가왔다. 그가 경계심 가득한 표정으로 나를 훑으며 물었다.

"누가 그렇게 소리를 지르나 했더니…. 내가 도와야만 하는 이유가 뭐지?"

죽어 가는 아이를 앞에 두고 그 아이를 구해야 하는 이유를 대라고 요구하는 모습은 정말이지 어처구니없었다. 하지만, 이 기회를 놓치기 싫었던 나는 머릿속에서 산발적으로 떠오르는 말들을 최대한 정리해서 얘기했다.

"여기 수조들 좀 봐. 저 안에 있는 게 전부 칠색원 애들이야. 일단 얘만 먼저 구한 건데…. 이 애 하나도 못 살리면 다른 애들은 어떻게 살리겠어?"

그러니까 당연히 도와야 하는 거 아니야? 넌 이 광경을 보고도 아무런 생각이 안 들어?

단란의 손목을 살포시 그러쥐었다. 그가 손을 빼려 들자, 반사적으로 힘주어 잡았다. 단란은 질색하는 듯한 표정을 지었다. 나는 절박한 마음에 손을 휘저어 가며 말을 이었다.

"넌 내가 FK 아카데미를 의심하는 걸 알고 있었 잖아. 경기할 때는 무시했지만 마음에 걸렸던 거 지? 안 그랬다면 여기까지 왜 내려왔겠어."

"난… 본선 준비해야 해." 이 무정한 한마디가 단 란의 최선인 듯했다. "그러니까 난 정비하러 나간 거고, 지하로는 내려간 적도 없고, 아무것도 못 본 거야."

그는 뒷모습을 보이며 말했다.

"그러니 네 마음대로 해 봐."

단전에서부터 무언가 치고 올라왔다. 억누르려고 애써도 소용없었다. 결국 눌러 두었던 말이 튀어나 왔다.

"왜 나 혼자서 해야 하는데?!"

소리치자마자 후회가 밀려왔다. 내 침입을 모른 척해 주는 걸 고마워해도 모자랄 판에 역정을 내 버 리다니. 덩달아 고성을 내지르리라는 짐작과 달리, 단란은 흠칫하며 나를 돌아보고는 이렇게 반문했다.

"네가 선택했잖아?"

어안이 벙벙해졌다.

하지만 곧 그동안 주어졌던 기회가 주마등처럼 스쳐 지나갔다. 나는 몇 번이고 고개를 돌릴 수 있었

안녕, 애들아

다. 수송선에 실린 수조들을 못 본 척할 수도 있었고, 사라진 아이들의 행방에 신경 쓰는 대신 경기에만 집중할 수도 있었으며, 머리끈을 무시하고 지하실 대신 원장실로 향할 수도 있었다. 하지만 그러지 않았다. 굳게 닫혀 있는 수조의 문틈에 손을 끼워 넣기까지 했다.

전부 내 선택이었다. 갑자기 어깨가 무거워졌다. 단란이 다시 차분하게 말을 이었다.

"어떡할래? 서로 모른 척하고 지나갈 수도 있고, 그게 싫으면…."

"그래, 세연이는 내가 책임진다 쳐. 하지만 나 혼자서 그 이상을 해내기는 힘들어. 그러니까… 당장 도와주지 않을 거라면 칠색원 애들이 여기 있다는 걸 사람들한테 알리기라도 해 줘. 넌 우리 세대의 주인공이잖아. 네가 우승 인터뷰에서 한마디만 해 주면 세상을 바꿀 수 있어." *그렇게 한무를 벌해 줘. 어렵겠지만 그렇게 해 주면 안 될까?*

단란이 시선을 내리깔면서 말했다.

"난 한 사람이잖아. 내 말로 세상이 변하진 않아."

처지를 바꾸자고 말하고 싶었다. 단란은 영향력이 큰 매체인 가가린컵 예선 우승 소감 인터뷰를 활용할 수 있었다. 그토록 날카로운 칼을 쥐고 있는데 사용할 생각이 없어 보이니 울화통이 치밀어 올랐다. 단란이 칼을 보여 주기만 해도 사람들은 그가 무엇을 베려 하는지 알아채고 함께 나서 줄 게 분명했다. 단란은 혼자가 아니었다….

칠색원에서 탈출하기 전의 나를 떠올렸다. 단란도 그때의 나처럼 변화를 두려워하고 있는 걸까? 한무와 맞서야 한다고 생각하니 겁이 나는 걸까? 그럴 법했다. 나는 '정말 이러기야?'라고 쏘아붙이려다, 보다 완곡하게 되물었다.

"정말로 그렇게 생각해? 네가 무력하다고?"

단란은 답하지 않았다. 다시 등을 돌리기 직전에, 손가락을 자기 눈가에서 내 눈가를 향해 뻗으며 이렇게 한마디 했을 뿐이었다.

"너를 지켜볼게."

그 말이 끝나자마자 연구소 안으로 낯선 사람들이 뛰어 들어왔다. 나를 로비로 끌고 왔던 아저씨들처럼 검은 양복을 입은 사람이 둘, 의사처럼 흰 가운을 입은 사람이 둘이었다. 그들은 당황한 기색이 역력한 단란을 밀쳐 내고 내게 덤벼들었다.

단란을 설득하려고 애쓰느라 간신히 붙잡고 있던 의식이 한계에 다다랐다. 몸에서 힘이 빠져나갔고 세연이의 몸뚱이가 쓰러졌다. 눈꺼풀이 무거워졌다. 몸이 나른해졌다. 그리고 나도 바닥으로 쓰러졌다.

안녕, 얘들아

[세 시간 후]

영화 속 주인공의 기절은 호사스럽다. 온갖 사람들이 지친 그의 마음속에 찾아와 다시 일어나라고 격려해 준다. 하지만 현실은 달랐다. 온몸이 뻐근하다고 느끼며 눈을 뜰 때까지, 나를 응원하러 찾아온 사람은 없었다.

깨어나자마자 느낀 건 온몸을 아래로 끌어당기는 힘이었다. 누워 있는 상태여서 서 있을 때만큼 아찔하지는 않았다. 내 몸은 새하얗고 얇은 옷으로 감싸여 있었고, 팔다리는 가죽끈으로 묶인 채 침대에 고정되어 있었다. 수조 틈에 넣었던 오른손의 세 손가락은 깁스를 댄 상태였다. 중력이 느껴지는 걸 보니 FK 아카데미 밖으로 벗어나지는 않은 모양이었다.

오른쪽 목빗근이 당겨서 풀어 보려고 고개를 돌리자, 새하얀 방 안의 새하얀 벽난로가 눈에 들어왔다. 지구에만 있는 줄 알았던 숯과 땔나무 위로 영상물에서나 보았던 새빨간 불꽃이 일렁였다.

난롯불 앞에 누군가 구부정하게 서 있었다. 익숙한 뒷모습이었다. 이내 뒤돌아선 한무는 고무 덩어리 같은 얼굴로 나를 내려다보았다. 그에게 여유로운 태도를 보일 심산으로 웃으려 했지만, 기침이 나올 뿐이었다. 피가 섞인 침이 튀어나왔다.

"연구소 들키니까 마음이 좀 급하셨나 봐요?"

"아니, 네가 여기 있는 건 그냥…. 진풍경을 만들어서야." 한무는 나를 외면하고 자기 손안의 패드를 만지작거리는 데 열중했다.

난롯불 앞에는 작은 나무 의자와 협탁이 있었다. 협탁 위에는 손바닥만 한 종잇장들이 널브러져 있었는데, 모두 코팅이 되어 있어 은은하게 불빛을 반사했다. 어떤 그림이 그려져 있는 것 같아 눈을 찌푸려 가며 살펴보았다. 그림이 아니라 얼굴 사진이었다. 내 또래로 보이는 아이들이 시체처럼 생기를 잃은 채 사진으로 박제되어 있었다. 온 얼굴이 피범벅이었다.

누구인지 한 명도 알아보지 못했으니 분명 칠색원 아이들은 아니었다. 칠색원에서 전학 간 아이들만 300명이 넘는데, 다른 아이들도 실험 대상으로 이용했다면 도대체 피해자가 몇 명인 걸까. 헛구역질이 진짜 구토로 이어지려는 것을 간신히 참았다.

한무는 내 시선이 향하는 곳을 흘긋 쳐다보더니 빈정거리듯 웃었다.

"괜히 연구소에 쳐들어오던 사람들이 전에도 있었지…. 네가 처음은 아니야. 너처럼 시끄러운 애는 처음일지도 모르겠지만. 맞다. 수조 열어젖힌 놈도 처음이네."

그는 내가 내지른 비명이 로비에서도 희미하게나

마 들렸다고 했다. 몇몇 기자들이 그 소리를 듣고서는 지하실로 들어가려고 하는 걸 가까스로 막았다나.

"별일 아니라고 하면 좀 믿을 것이지, 의심이 많아요." 한무는 패드의 액정을 두어 번 더 건드리다가, 흥미 떨어진 장난감을 버리는 아이처럼 협탁 위로 내던졌다.

그러고는 가까이 다가와 내 귀에 대고 사납게 속삭였다.

"그나마 다행인 게 뭔지 알아? 네 상징성이 꽤 유용해 보인다는 거야. 난데없이 가가린컵 경기에 끼어든 '밑바닥 출신' 여자애. 너는 곧 카메라 앞에 서서, 지구 귀환 프로젝트의 메인 모델이 될 거야. 인공 중력이 가져다줄 환상적인 삶의 아이콘이 되는 거지."

천장에서 빔 프로젝터가 내려오더니, 굽은 벽면 한쪽을 거대한 화면으로 만들었다. 좁고 동그란 우주선 내부를 위에서 내려다보는 각도로 찍은 영상이 벽을 장악했다. 세연이를 포함해 열다섯 명 정도 되는 칠색원 아이들이 빙 둘러앉아 있었다. 한무는 실시간으로 찍히고 있는 영상을 보여 주는 것이라고 말했다. 세연이부터 구하려고 했는데, 그 애마저 다시 한무의 손아귀에 들어가고 말았다. 할 수만 있다면 양손으로 머리를 감싸고 싶었다.

"네가 하기 싫다고 한다면 쟤들은 다 죽는 거고."

한무가 두 손을 펼치자, 아이들의 머리 위로 그림자가 드리워졌다. 나는 순응하는 척 온 힘을 다해 고개를 끄덕였다. 곧 영상의 내용이 바뀌었다. 발사대 위에 로켓이 놓여 있었다. 겉면에 적힌 'FK-1호'라는 글자가 눈에 띄었다. 광고에서 질리도록 본, 지구로 내려가 건물로 쓰일 예정이라는 그 빨간 로켓이었다.

"그러면 애들이 저 안에…"

"그래." 한무가 툭 던지듯 한마디를 내뱉어 내 말을 끊었다.

"사실은 애들 죽이려고 만든 거였어요?" 화가 나고 당황스러운 마음이 컸지만 순수하게 의아하기도 했다. 저 로켓의 용도를 한무 본인이 반지 전체에 밝히지 않았던가? 그래 놓고 이제 와서 사람을 없애는 도구로 사용한다고?

"너는 무슨 말을 그렇게 하니!" 한무가 갑자기 소리쳤다. "전부 다 거짓인 건 아니야. 로켓은 진짜로 건물이 될 거라고. 그 안에…. 맞아, 에밀레종처럼 사람들이 좀 들어가 있을 뿐이지."

천연덕스럽게 지껄이는 한무를 보고 있노라니 그를 막아야겠다는 결심이 어느 때보다도 굳건해졌다. 나를 찍을 카메라를 역이용해 그의 실체를 폭로

안녕, 애들아

해야겠다는, 그럴싸한 구상이 떠올랐다.

그러고 보니 내 카메라가 없어졌다. 황급히 주변을 둘러보는데, 한무가 그사이 방 한구석으로 가서 필름 카메라 하나를 들고 돌아왔다. 내 것이었다. 그는 잘 익은 과일을 감상하듯 카메라를 이리저리 돌려 보았다.

"아, 필카. 취향도 빈티지해. 자기는 다른 애들이랑 다르다고 아주 소리를 지르고 있어."

그는 날짜가 새겨진 부분을 손가락으로 슥 문지르고는 피식 웃었다.

"난 필카보다는 폴라로이드가 좋더라. 굳이 현상할 필요 없이 결과도 즉각 즉각 나오고."

한무는 그 말을 끝내자마자 내 카메라를 불길 속에 던져 버렸다. 필사적으로 몸을 움직였지만 벽난로 쪽으로 넘어질 수조차 없었다. 플라스틱이 녹아내리면서 나는 연기의 매캐한 냄새와 윙윙거리는 환풍 장치의 소리가 이 방을 한시도 더 머물기 싫은 끔찍한 공간으로 만들었다.

한무가 손가락을 튕기자, 내가 누운 침대가 바닥과 수직 방향으로 우뚝 섰다. 이제는 익숙해진 검은 양복을 입은 누군가가 나타나 침대에 달린 바퀴를 밀고 나를 옆방으로 데려갔다.

옆방은 조금 전까지 있던 방보다 작았지만, 사물

의 밀도가 더 높았다. 뿌연 거울, 현란한 조명, 수많은 카메라와 테이블이 질서 정연하게 놓여 있었다. 나는 비로소 이곳이 어디인지 알아차렸다.

스튜디오였다.

"안녕하세요."

나는 최대한 노골적으로 적의를 드러내며, 방의 한구석에서 나를 향해 걸어오는 사람에게 인사했다. 영상 속에서 항상 연회색 탁자 앞에 앉아 무언가에 대해 열정적으로 말하던, 뮤지엄 오브 모빌리티의 박물관장. 비비엔은 아무런 말 없이 내가 묶여 있는 침대의 방향을 돌렸다. 그리고 한무처럼 손가락을 튕겨 내 앞에 비치된 옷장 문을 활짝 열었다.

분홍색 스웨터가 눈에 띄었다. 일반적인 분홍에 그림을 탄 듯한 느끼한 색감에 보풀투성이인 옷. 척 봐도 사미타의 것이었다. 그 애에게 무슨 일이 일어났던 걸까? 따져 물으려고 했지만, 시멘트 반죽을 삼키기라도 한 듯 목소리가 나오지 않았다. 기침 서너 번, 무의식적인 숨 고르기 대여섯 번, 그리고 각혈 한 번이 이어졌다. 그러고 나서야 가까스로 말을 할 수가 있었다.

"입을 옷이나 고르라는 거죠? 왼쪽에서 세 번째 걸로 할게요."

비비엔이 쥐고 있는 하얀 지팡이의 빨간 끝이 사

안녕, 얘들아

미타의 스웨터를 가리켰다. 내 의사를 재차 확인하는 과정이었다. 나는 고개를 끄덕였다. 의상이 결정되자, 촬영 준비는 속전속결로 이루어졌다.

조명은 눈부셨고, 의자 끄는 소리는 너무 시끄러웠다. 나를 구속하고 있던 가죽끈이 풀리자, 그것이 인공 중력 때문에 생기는 통증을 조금이나마 덜어 주고 있었다는 걸 깨달았다. 가슴 안쪽이 훨씬 답답해졌다. 숨을 들이쉴 수는 있었지만 내쉬기가 힘겨웠다.

더 괴로워지기 전에 가장 중요한 말부터 꺼내야 할 것 같아 카메라를 노려보며 입을 열었다.

"FK 아카데미, 지하실에, 실험실이…."

하지만 결국 말끝을 맺지 못하고 고개를 떨구었다.

"언니."

순간적으로 튀어나온 말이 하필이면 그거였다.

"처음부터 다시 찍어."

한무는 명령을 내리자마자 순식간에 다가왔다. 그에게 손찌검당한 뺨이 화끈거렸다. 나는 또 쓰러졌지만, 이번에는 기절하지 못했다.

"왜 갑자기 나가떨어지지? 얘, 반지 세대도 아니잖아요. 간밤에 나한테 찾아온 애가 반지 세대였던 거 아냐?" 한무가 부서진 장난감을 살피듯 내 머리를 이리저리 돌리며 말했다.

"그건 캐서린." 비비엔이 나지막이 대답했다.

"아니, 얘가…. 아, 얘가 영이야?"

한무는 옆방으로 건너가 아까 내던졌던 패드를 다시 가져왔다. 얼마간 화면을 두드리고 뭔가를 들여다보더니 이내 고개를 끄덕였다.

"그렇네."

반지 세대면 죽잖아. 그는 이 말을 아무렇지도 않게 툭 던졌다.

완성하기 싫은 퍼즐이 머릿속에서 반강제적으로 맞추어지기 시작했다. 수조에 부착된 종이에 기재되어 있던 반지 세대 여부, 입양 대상자였던 칠색원 아이들, 그리고 한무가 방금 한 말.

기억을 더듬어 보았다. 이상한 아저씨가 아이들을 데려간다는 소문이 돈 이후에 입양 면접을 본 아이들은 하나같이 반지 세대였다. 반면 이번에 FK 아카데미로 전학 가게 된 아이들 중 내가 아는 아이들은 모두 지구에서 태어났다. 내 추측이 맞다면 아마도 전원이 지구 세대일 것이다. FK 아카데미는 한참전부터 두 집단을 분리해 다루고 있었던 거였다. 이 사실을 천천히 곱씹으니 쓸쓸한 현실감이 배어 나왔다.

나는 입양 대상자였다. 그 말인즉… 나는 지구에서 엄마와 함께 시간을 보낸 적이 없다는 뜻이었다.

안녕, 애들아

그런 시절이 있었다는 기억은 허구에 불과했다. 스스로 꾸며 낸 상상 속 이야기를 어느 시점부터 진실이라고 믿어 버린 것이다.

지금의 상황은 고전 지구 영화에 빗대자면 〈스타워즈: 라스트 제다이〉에 나오는 유명한 반전 정도 될 터였다. 지구에서 엄마와 지냈던 날들을 그리워하며 매일같이 창밖의 지구를 바라봤는데, 나는 그동안 유령을 쫓고 있던 것이나 다름없었다…. 그런데 내 마음은 의외로 덤덤했다.

어쩌면 처음부터 내심 알고 있었는지도 모른다.

"그래서 중력이 느껴질 때마다 힘들었구나. 언니가 멀쩡했던 건 반지 세대가 아니어서고…." 나는 혼잣말을 했다.

한무는 내가 사실을 깨닫고도 비명을 지르거나 울음을 터뜨리지 않았다는 사실이 불쾌한 듯했다. 그나마 정제된 발언들을 뱉던 그의 입에서 더 노골적인 말이 나오기 시작했다.

"어휴, 똑똑해라. 볼썽사납게." 한무가 혀를 찼다. 그는 내 눈가에 난 점을 건드렸다. 그의 손길이 남긴 역겨운 감각은 물리적인 접촉이 끝나고 나서도 좀처럼 사라지지 않았다. 구더기가 살갗을 파고들어 피부 안에서 꿈틀거리는 것만 같았다.

"이걸 보고도 헷갈린 내 탓이지. 가끔가다 너처

럼 반지 세대인 게 겉으로 티가 나는 애들이 있더라
고. 불가사리마냥 징그럽게." 그가 한탄하듯 말했다.
"왜, 왜 하필이면 이 시점에 여기서만 살 수 있는 유
전자를 가진 세대가 생겨난 걸까? 왜 진화가 아니라
퇴화를 했을까?"

잔뜩 붉어진 한무의 얼굴에는 핏대까지 올라오기
시작했다. 그는 가득 차오른 분노를 통제하려 들지
않고 터뜨려 버렸다.

"너희 세대 애들은 죄다… 죄다 흉물이야. 인간의
몸이라면 지구 중력에 최적화되어 있어야 할 거
아니냐고. 도움이라곤 하나도 안 되는 기생충 같은
것들."

나는 한마디도 하지 않았는데, 한무는 설명인지
변명인지 모를 소리를 멈추지 않고 계속 이어 갔다.

"그러니까, 난 거짓말을 하진 않았다니까? 지구
는 회복되고 있어. 아주 천천히. 지구로 떨어진 로
켓은 그대로 건물이 될 거야. 다만 너희가 거기서
살아남진 못하겠지. 지구에서 반지 세대 몇 명 죽
는다고 누가 신경이나 쓰겠어? 대부분의 사람이
한동안 여기 남을 텐데."

한무의 장광설은 그를 응징해야겠다는 내 결심만
더 굳게 만들 뿐이었다.

"어차피 애새끼들은 다들 싫어하잖아. 따박따박

안녕, 애들아

말대답하기 전까지만 귀여워하지."

"제정신이에요?"

나는 그 순간, 대중은 알지 못할 한무의 본모습을 보았다. 그는 멍청하고 이기적인 사람이고, 나는 그가 지금까지 한 짓과 앞으로 할 짓을 알고 있으며 이를 막을 수 있는 유일한 사람이었다. 정신을 차려야 했다.

"너도 어른스럽게 생각을 좀 해 봐. 반지 세대한테 하자가 있는 게 까이면, 다들 지구 귀환을 재고해야 하고 인공 중력 도입도 재검토해야 한다면서 왈가왈부 난리 칠 게 뻔하잖아. 답답해서 미치겠네! 그런 거 하나하나 고려해서 어느 세월에 내려가! 너희를 먼저 버리는 게 훨씬 낫지."

한무는 열변을 토한 나머지 이제 숨까지 헐떡이고 있었다.

"먼저 내려간 반지 세대 아닌 애들이 다 눈치채서 '중력이 친구들을 죽였어요!' 해도 뭘 어떡할 거야. 어차피 인간은 지구로 내려가야 하는데!"

그는 반지의 그 무엇도 사랑하지 않는 듯했다. 그래서 나는 한무가 한쪽 손을 들어 올리는 것을 보고, 바로 내 뺨을 때리거나 책상을 주저 없이 엎어 버릴 거라고 생각했다.

"투표 독려 연설이나 몇 개 더 준비하지? 본투표

가 글피잖아."

하지만 그의 손은 비비엔의 지팡이에 가로막혔다.

"연설이고 나발이고, 난 얘가 얌전히 지구 귀환 프로젝트 홍보하는 걸 꼭 봐야겠어요. 아, 스트레스 받아."

한무는 서랍장 위의 골동품 더미를 신경질적으로 뒤적였다. 내 기억이 맞다면, 저렇게 네모난 포장지 안에 들어 있는 커다란 디스크는 지구 시절 중에서도 예전의 물건인 레코드판밖에 없었다.

"모차르트가 필요해. 애새끼들이랑만 대화하니까 평온해지질 않아…" 한무가 멀찍이서 중얼거렸다. 곧 오케스트라 음악이 흘러나왔다.

한무가 음악에 집중하는 사이, 비비엔이 내 어깨를 붙들었다. 그의 목소리는 언제나처럼 나긋나긋했다.

"여기서 나가고 싶니?"

바로 저런 부분이 지긋지긋했다. 나를 비롯한 칠색원 아이들의 목숨이 달린 문제인데도 남의 일인 양 초연할 수 있다는 점이.

"당연한 거 아니에요?"

한무가 튼 음악이 최고조에 달했다. 제목이 뭐더라? 맞다. 베토벤 교향곡 9번 4악장, 환희의 송가.

안녕, 얘들아

모차르트를 튼다고 하지 않았었나? 아니면 둘을 분간하지도 못하면서 짐짓 아는 척했던 걸까?

"침착하게 생각해 보렴. 넌 안에서부터 여기를 바꿔 나갈 수도 있단다. 실험을 점점 인도적인 방향으로 개선할 수도 있어. 아이들을 넣는 곳이 축사 케이지 같은 곳에서 유리 수조로 바뀐 것처럼." 비비엔이 요란한 음악 속에 목소리를 적당히 숨긴 채로 속삭였다.

나는 그제야 비비엔을 똑바로 보았다. 그는 악당이 아니었다. 싸움을 거듭하다 지친 사람일 뿐이었다. 하지만 그는 아주 중요한 사실 하나를 간과하고 있었다.

"시간이 없잖아요."

한숨이 나왔다. 그에게는 생체 실험이라는 거악이 장기간에 걸쳐 개선할 수 있는 과제일지 몰라도, 우리에게는 생존과 직결된 문제였다. 안에서부터 세상을 바꿔 나가는 동안 세상을 떠날 아이들의 삶을 누가, 무엇으로 보상해 줄 수 있단 말인가?

"후회하지 않을 자신이 있니?"
"후회를 왜 하겠냐고요!"

결국 한무의 주의를 끌어 버렸다. 그는 어깨를 늘어뜨리고는, 적개심 가득한 눈을 부라리며 우리 쪽으로 다가왔다. 빠르게 대화를 마무리해야만 했다.

"외로울 거야." 비비엔의 마지막 경고는 이랬다.

"알아요."

퉁명스럽게 답했다. 혼자서 감당해야 한다는 사실은 단란 덕분에 이미 뼈저리게 깨달았다. 그보다도 불만스러운 건 비비엔의 화법이었다. 암호처럼 말하는 건 질색이었다. 시원시원하게, 직설적인 말이나 행동을 보여 주었으면 했다. 이를테면….

지금처럼, 한무 몰래 내 손에 자동 이동 장치를 쥐여 주는 행동 같은 것 말이다.

그렇지.

나는 속으로 쾌재를 불렀다. 캐서린이 자동 이동 장치를 누구한테서 받았는지 짐작이 되었다.

"지정 위치는, 여기야."

뒤이어 비비엔은 내게 준 버튼이 누가 내던져 놓고 갔던 것인지 말해 주었다. 지체하거나 고민할 시간 따위는 없었다. 엄지손가락으로 동그란 플라스틱 버튼을 눌렀다. 버튼에서 나는 빛을 숨기기 위해 주먹을 꽉 쥐었는데도, 선명한 붉은빛이 손가락 사이로 새어 나왔다. 이상한 낌새를 느낀 한무가 당황하는 모습을 보이기까지는 오랜 시간이 걸리지 않았다.

시작은 휘파람을 닮은 소리였다. 바람이 갈라지

안녕, 얘들아

는 소리. 날렵하고 가벼운 포드가 움직일 때는 좀처럼 나지 않는 소리.

"뭐지?"

한무는 양손으로 제 귀를 감싸며 외쳤다.

"이게 무슨 소린데?! 누가 말 좀 해 봐!"

한무 같은 사람들의 한계는 명확하다. 그들은 우리가 이기는 모습을 상상하지 못한다. 우리가 자신과 동등한 존재라 여기지 않으니, 그들의 뜻을 거역할 거라고 생각하지 않는다. 원장실로 오라고 부른 아이가 지하실에 들어가는 경우를 가정하지 않으며, 그 아이가 광고 촬영 자리를 역이용해 자기주장을 할지도 모른다고 걱정하지 않는다.

열네 살짜리 여자애가 야망과 계획을 가진 사람이라는 걸 모른다.

"정말 뭐가 오는지 모르시겠어요?"

바람은 이제 스튜디오가 있는 건물을 흔들기 시작했다. 진동이 점점 심해지자 레코드판이 흔들려, 한무가 듣고 있던 음악이 자꾸 끊겼다.

"뭔데?!"

한무의 격앙된 목소리가 결국 갈라지고야 말았다. 그 정도로 알고 싶어 안달이 났다면 대답을 해 줘야겠지.

"나보다 큰 것."

결국 플레이어 밖으로 튀어나온 레코드판이 바닥으로 떨어지는 것을, 한무는 휘둥그레진 눈으로 바라보았다. 절로 웃음이 났다.

"내 거니까 감당해야만 하는 것."

곧 고대하던 손님이 FK 아카데미까지 찾아와 주었다.

"나 없이도 미친 듯이 달리는 것."

내 사랑스러운 우주열차.

그리고 충돌이 일어났다.

무궁화호 전조등의 강렬한 빛이 스튜디오를 더 밝게 비췄고, 한무는 충돌의 여파로 나가떨어졌으며, 열차는 시원섭섭해 보이는 얼굴의 비비엔 바로 앞에서 간신히 멈추었다.

건물 안으로 생각보다 깊숙이 들어와서 후진하기가 쉽지 않을 성싶었다. 하지만 그건 핸들을 잡아야 해결할 수 있지, 고민만 한다고 저절로 풀릴 문제가 아니었다. 운전실로 향하기 위해 발을 뗐다.

그때 무언가 내 발목을 우악스럽게 붙들었다.

한무가 나를 붙잡은 채로 간신히 상체를 일으켰다. 그는 내게 몸을 기울이더니 살벌하게 속삭였다.

안녕, 애들아

"수고했는데, 소용없어. 어차피 내 뜻대로, 모두가 원하는 대로 돼."

한무의 머리가 방울뱀의 꼬리처럼 흔들리다가 떨구어졌다. 그의 말은 독니가 되어 내 머릿속에 박혔지만, 나를 마비시키긴 못했다. 고작 그 정도 협박으로 굳기에는 새로운 목적을 이루기 위해 움직이겠다는 내 의지가 너무 강했으니까. 나는 나와 같은 처지의 아이들을 구하기로 마음먹었다.

앞부분만 살짝 우그러진 무궁화호의 운전실에 다시 들어서자, 녀석은 개조를 갓 마쳤을 때보다도 훨씬 상냥하게 나를 반겼다. 가죽 의자는 폭신했고, 레버는 매끄럽게 넘어갔으며, 핸들은 내 손에 맞춰 디자인한 듯 손에 착 감겼다. 어제까지만 해도 시동조차 걸지 못해 전전긍긍했다는 사실이 믿기지 않았다.

열차를 건물 밖으로 빼낸 다음 방향을 돌린 뒤 마른침을 삼키고 방향 핸들을 젖혔다. 그러자 무궁화호는 어느 때보다도 부드럽게 날아올랐다.

FK-1호라고 큼지막하게 적혀 있는 로켓을 찾는 과정은 어렵지 않았다. 한무가 본의 아니게 발사대의 위치를 나에게 알려 버린 것이다. 영상 속에 담겨 있던 로켓 주변의 전경을, 투박한 발사대 너머로 살짝 보인 새하얀 외벽이 조명을 받아 빛나던 모습을 떠올렸다. 그 정도로 빛나는 건물이 외벽까지 대리석으로 마감된 FK 아카데미 말고 또 어디 있을까?

아나나 다를까, FK 아카데미 건물로부터 멀리 떨어지지 않은 곳에서 로켓을 찾을 수 있었다. 적갈색 연료 탱크가 지구를 향해 곧추서 있었다. 멀리서 바라보니 귀금속 표면에 붙은 먼지 같았다. 반지가 로켓을 털어 내고 싶어 안달이 난 것처럼 보였다.

하지만 저 안에 있는 아이들은 먼지 나부랭이가 아니었다.

육각형 모양의 발사대에 가까워지자, 좀 전의 비상이 무색하게도 인공 중력이 열차를 끌어당겼다. 나는 무궁화호가 중력의 힘에 굴복하게 두었다. 바닥에 닿은 바퀴가 열차를 인도했다. 이윽고 엔진의 힘을 받은 세 칸짜리 열차는 시위를 떠난 화살처럼 질주했다. 주변을 배회하던 몇몇 드론들이 열차에 부딪혀 가볍게 나가떨어졌고, 그 파편이 사방으로 흩날렸다.

이내 눈앞이 발사대로 가득 찼다. 명중이었다.

발사대가 흔들리자 로켓은 FK 아카데미의 반대쪽으로 쓰러졌다. 발사대가 반지의 가장자리에 있었기에 다행히도 포드 몇 개를 스친 것 말고는 별다른 피해를 일으키지 않았다. 외부 피해를 따지자면 말이다. 무궁화호와 발사대로 범위를 좁히면, 그보다 더한 아수라장이 없었다. 나는 무궁화호에서 내

안녕, 애들아

리며 손을 휘휘 저어 먼지와 연기를 밀어냈다.

아이들을 찾는 데 도움을 준 건 기침 소리였다. 무궁화호 근처의 로켓 하단부에서 여러 사람이 쿨럭거리는 소리가 들렸다. 소리가 잘 들려오는 부분의 금속판이 헐거워 보여, 묵직해 보이는 로켓 부품의 파편을 양손으로 잡고 마구잡이로 휘둘렀다. 금속판이 떨어져 나가자 냉각수로 추정되는 물이 쏟아져 나왔고, 그 안에 숨겨진 공간이 드러났다. 아이들은 안전띠를 맨 채 좌석에 앉아 있었다. 다들 영상을 통해 봤을 때보다도 더 겁에 질린 표정이었다.

칠색원 로비에서 한무를 추앙하며 싱글벙글 웃던 아이들의 모습이 어쩔 줄 몰라 하는 눈앞의 아이들과 겹쳐 보였다. 이렇게 될 줄 누가 알았을까? 이 애들은 예상조차 못 했던 일에 휘말린 사람들이었다. 나처럼 말이다.

로켓 안으로 들어서자, 세연이를 비롯한 몇몇 아이들이 나를 알아보았는지 눈을 크게 떴다.

"안녕, 애들아."

내가 이 말을 했을 때 영화 속 명장면처럼 배경 음악이 나왔어야 하는데. 칠색원에서 맨 처음 탈출했을 때만큼이나 짜릿한 감각이 일었다. 손바닥을 비비며 다음 말을 신중하게 골랐다. 좋아. 어떻게 설명해야 애들이 겁을 덜 먹을까?

"조금 어지러운 사람? 숨 쉬기 어려운 사람? 혹시 피 토한 애도 있니? 어…. 다 있구나. 당연한 건데, 미안. 짧게 설명할게. 지구로 내려가면 너희들은 다 죽어. 그러니까…. 저 바깥에 큰 차 보이지? 저게 그렇게 보이진 않지만, 우주선이거든…."

아무도 알아듣지 못하는 눈치였다. 이를 악물고 요점만 전했다.

"살고 싶으면 저 안으로 들어가!"

어색한 정적이 이어졌다. 얼마 지나지 않아 사이렌 소리가 들리기 시작했고 점점 가까워졌다. 프레임코리아인지 경찰인지 모르겠지만, 도망쳐야 했다. 그렇다고 아이들을 억지로 끌어내려 했다가는 역효과가 날 것 같았다. 나를 믿지 못해 엉뚱한 곳으로 도망치거나 FK 아카데미로 돌아가게 될지도 모를 일이었다. 급한 마음에 손바닥을 더 세게 비비며 아이들이 움직이기만을 기다렸다.

이럴 때는 한 명만 내 편을 들어 줘도 도움이 되는데. 개인이 움직임으로써 모두가 움직이게 될 수도 있다. 간절한 마음으로 세연이를 쳐다보았다. 그 애는 눈도 깜빡이지 않고 주변을 둘러보더니, 안전띠를 풀고 벌떡 일어났다. 그리고 나에게 물었다.

"어디로 가게?"
"일단 여기선 나가야지."

안녕, 애들아

그렇게 해서 이동이 시작되었다. 나는 세연이의 손을 잡아끌고 무궁화호로 달렸다. 순간 쓰러진 로켓 안에서 폭발음이 들리더니 부품 조각들이 곳곳으로 튀었고, 우리는 더 빠르게 뛰어 첫 번째 객차 앞에 다다랐다. 문손잡이를 잡고 있는 힘껏 열어젖힌 다음에 세연이를 태웠다.

로켓으로 다시 돌아와 보니, 그 애가 일으킨 물결이 파도를 만들었음을 알 수 있었다. 아이들이 하나둘씩 몸을 일으켰다. 어떤 아이는 세연이처럼 고개를 끄덕이며 벌떡 일어섰고, 또 어떤 아이는 혼란스러워하면서도 조심스레 걸어 나왔다.

사실 대다수 아이들의 눈에는 확신이 없었다. 걷기에 익숙하지 않은 다리는 심하게 후들거렸기에 내 부축이 필요할 정도였다. 하지만 상관없었다. 더 이상 겁에 질려 웅크리고 있지 않다는 것만으로도 충분했다. 모두가 탑승을 마치자, 나는 다시 운전실로 이동해 방향 핸들을 잡고 무궁화호를 로켓 발사대에서 빼냈다. 그 와중에 발사대에 연결되어 있던 파이프가 무궁화호로 떨어져 운전석 유리창이 깨질 뻔했다.

"가 보자."

방향 핸들을 있는 힘껏 꺾어 날아올랐다. 엔진의 출력을 최대로 높였더니, 열차는 금세 인공 중력 영역을 벗어났다. 예고 없이 일어난 변화에 객차에서 아이들이 소리를 질렀다. 놀라긴 했겠지만 중력이 사라졌으니 훨씬 편해졌을 것이다.

눈앞의 새까만 하늘이 유난히 아름다워 보였다. 열차 아래로 보이는 새하얀 반지는 별만큼이나 반짝였다.

그뿐이었다.

"어디로 가는 건데?" 사이렌을 울리며 쫓아오는 경찰 포드가 후방 카메라에 잡히기 시작했을 때쯤, 세연이가 운전실 문을 열고 들어와 다시 물었다. 문 너머로 아이들의 걱정 어린 웅성거림이 들려왔다.

어디로 데려가야 하지?

거대하고 휘황찬란한 반지 어디에도 우리가 머물 곳은 없는 것처럼 보였다.

우주의 별도 다른 사람들도 전부 각자의 자리에서 편안히 머물고 있는데, 우리만 정처 없이 떠도는 신세가 된 것 같았다. 눈을 살포시 감았다.

너도 자신과 닮은 사람을 만나면 이러고 싶어질걸.

캐서린의 말이 바로 옆에서 들려오는 듯했다. 분하게도 그는 틀린 말을 한 적이 없었다. 그래서 평생 다시는 보고 싶지 않았고, 또한 무척이나 간절하게 보고 싶었다.

"집에 가야지."

안녕, 애들아

캐서린이 나를 FK 아카데미에 보내려 했던 이유를 어렴풋이 알 것 같았다. 나는 아이들을 데리고 칠색원에 돌아가기로 했다.

사진을 자주 찍는 사람이 가지는 이점 중 하나는, 자신이 걸어온 길을 선명하게 되짚을 수 있다는 것이다. 그러니 마음만 먹으면 출발한 곳으로 돌아가는 것은 어려운 일이 아니지. 반지 대기층의 경계 바로 아래까지 고도를 높여, 사방으로 뻗어 있는 도시들을 내려다보며 운전했다. 사이렌 소리는 어느 순간부터 더 이상 들려오지 않았다. 우리가 이른바 '영공' 밖으로 나갔기 때문에 반지 경찰의 관할 구역에서 벗어났다는 것을 당시에는 알지 못했다.

조종석 한구석에서 캐서린이 두고 간 패드를 찾아내 내비게이션으로 활용했다. 열차가 FK 아카데미가 있는 반지 제3시를 지나 칠색원이 있는 제1시에 도착하자 나는 칠색원에 도착하기까지 남은 거리를 확인했다. 섣불리 지상과 가까워졌다가는 대기하고 있던 경찰이나 FK 아카데미 측에게 붙잡힐지도 모를 일이었다. 고도를 유지하다가 도착하기 직전에 착륙하고자 했다. 이윽고 칠색원에 충분히 접근했다고 판단해 고도를 낮추기 시작했을 때, 난데없이 패드에서 경고음이 울렸다.

내비게이션 화면 안에서 칠색원을 나타내는 점과 무궁화호를 나타내는 점이 비정상적으로 빨리 가까워지고 있었다. 이대로 가다간 충돌할 가능성이 컸다. 내가 열차를 제대로 제어하지 못한 걸까? 아니면 무궁화호에 이상이 생겼나? 계기판을 확인하며 문제의 원인을 찾는 사이에 낮췄던 고도가 저절로 다시 높아졌다. 더 이상한 부분은 무궁화호가 위로 올라가고 있는데도 내비게이션 화면상으로는 칠색원과 가까워지고 있다는 점이었다. 칠색원이 위쪽에서 무궁화호를 끌어당기는 게 아니고서야 이런 현상이 발생할 수는 없었다.

하지만 건물이 공중에 뜨는 것도, 우주선을 움직이는 것도 불가능한 일이었다.

"영."

누군가 확성기를 통해 내 이름을 불렀다. 처음에는 나도 모르는 사이 무궁화호에 무선 통신 장치가 설치된 거라고 생각했지만, 외부 확성기의 음성이 열차 안에서도 들릴 만큼 컸을 따름이었다.

"운전대 다시 잡아. 방향 맞춰야 문 옆으로 붙일 수 있다."

귀에 익은 목소리였다. 견고하고 단조로우면서도 다정함이 느껴지는 음성.

"원장 선생님."

창밖을 바라보니 칠색원이 있어야 할 자리에는 거대한 공터만 남아 있었다. 혹시나 하는 마음에 시

안녕, 얘들아

선을 위쪽으로 옮기자 거대한 우주선이 보였다. 그 을음투성이인 일곱 개의 크고 작은 금속 고리가 각기 다른 방향으로 기울어져 커다란 구형을 이루고 있었다. 거대한 혼천의 같았다.

"속 썩일 만큼 썩였으니 돌아오셔야지, 실종 학생?"

옛 천체 모형을 닮은 커다란 우주선의 정체는, 칠색원이었다.

[다시 칠색원]

칠색원의 모든 고리에는 원장실에서 설정한 방향으로 발사되는 강철 안전줄이 설치되어 있다. 건물이 무너져 내리는 등의 유사시에 다른 고리나 인근 우주선을 향해 발사해, 건물의 형태를 잠깐이라도 더 오래 유지하고 인명 피해를 줄이고자 마련한 장치다. 그 장치가 이번에는 좀 다르게 쓰였다. 원장실이 있는 4고리의 외벽 가까이에 무궁화호를 가져다 대자, 강철 안전줄들이 튀어나와 열차 표면에 달라붙었다. 안전줄 끝에 자석이 부착되어 있었던 것이다. 안전줄이 다시 천천히 들어가는 동안 열차는 4고리와 점점 가까워졌다. 그사이 4고리에 있는 붉은색 반구 형태의 출입구가 금속 긁히는 소리와 함께 활짝 열렸다. 나와 캐서린이 칠색원에서 탈출할 때 사용했던 비상 포드용 출입구였다. 나도 모르게 혼잣말이 나왔다.

"이걸 이런 식으로도 써먹네."

나는 객실 안의 아이들을 향해, 열차에서 나가 방금 열린 칠색원의 붉은색 출입구로 들어가야 한다고 알렸다. 쭈뼛거리던 아이들은 비상 포드용 출입구 안쪽에서 원장 선생님이 나와 긴 안전줄을 던져주자 한 명씩 조심스럽게 칠색원 안으로 들어갔다.

머리끈을 잃어버려 머리칼을 사방으로 흩날리고 있는 세연이가 마지막으로 나왔다. 그 애는 위험하게도 안전줄 없이 공중에 떠서 나를 내려다보더니, "언니는 안 가?" 하고 물었다. 나는 곧 따라가겠다고 했다. 세연이까지 안으로 들어간 후 4고리의 바깥에는 무궁화호, 나, 그리고 원장 선생님만이 남았다.

솔직히 말하면, 칭찬을 기대했다. 감사 인사도 좋고. 극히 일부에 불과하지만 그래도 칠색원 아이들을 위험으로부터 구해 오지 않았는가. 하지만 원장 선생님은 내 어깨를 단단히 붙들고는 혼낼 때와 같은 어조로 엄숙하게 말씀하셨다.

"대체 무슨 생각이었니? 무모하고 위험한 짓이었어." 선생님께서는 내가 로켓 발사대를 들이받은 게 벌써 뉴스 속보로 알려졌다고 전했다. 연구소로는 내려오지 않은 기자들이 발사대의 붕괴에는 재빨리 반응한 것이 퍽 억울해 아무런 답도 하지 않고 고개를 숙였다.

안녕, 애들아

"아무튼 널 찾았으니까 됐다. 얼른 들어가렴. 저 열차도 너도, 할 만큼 했어."

무궁화호의 도색은 상당 부분 벗겨졌고, 기관차 앞부분은 우그러졌으며, 객실 유리창 몇 개는 떨어져 나가기 직전이었다. 나는 기관차 왼쪽 면에 그려진 두 개의 별 위에 손을 얹었다. 원장 선생님의 말씀이 맞을지도 몰랐다. 속 시원하게 로켓 발사대를 들이받는 것까지가 무궁화호의 역할일지도 몰랐다. 씁쓸한 마음에 입맛을 다셨다.

하지만 내 역할은 끝나지 않았다.

"애초에 열차를 쓸 일이 없었으면 좋았을 텐데. 그렇지 않아요?"

뒷일을 원장 선생님에게 맡기는 대신, 마지막까지 내가 할 수 있는 일을 해 보기로 마음먹고 말문을 열었다.

"그렇지. 우리가 프레임코리아를 조금 더 빨리 막았거나, 그들의 연구가 처음부터 정상적으로 이루어졌다면 열차를 쓸 필요가 없었겠구나."

익숙한 목소리가 내 뒤에서 들려왔다. 무궁화호 뒤쪽 객차에 타고 있던 비비엔이었다. 그의 자석 안전줄이 칠색원의 외벽에 철썩 달라붙었다. 나는 뒤를 돌아보지도 않고 비비엔의 말을 받았다. 중요한 계획인 만큼 목소리에 힘을 실어 당당하게 말했다.

"비비엔 관장님께서 방금 하신 말씀을 메시지로 담아서, 무궁화호를 이용해 광고를 만들어 봐요. 반지에 인공 중력이 적용되지 않도록 반대표를 던져 달라고."

"이해가 빠르네!" 비비엔이 손가락을 튕겼다.

원장 선생님은 눈살을 찌푸리며 우리 둘을 번갈아 쳐다봤다.

"둘이 아는 사이야? 왜?"

당황스러워하는 원장 선생님께 그동안의 이야기를 천천히 풀어놓았다. 가가린컵 예선 참가, 캐서린과의 결별, 지하 연구소 발견, 그리고 비비엔의 합류에 이르기까지. 자동 이동 장치로 불러들인 무궁화호가 스튜디오에 도착했을 때, 나는 기관차에 오르기 전 비비엔에게 손을 내밀었다.

"두 번째 객차는 비어 있을 거예요. 타세요."

"내가 FK 아카데미에 남는 게 걱정돼서 그러는 거라면, 굳이 애쓰지 않아도 된단다." 비비엔이 쓸쓸하게 웃으며 나를 만류했다.

"아, 그래서가 아니에요. 그런 배려를 당해 봐서 아는데, 기분이 좋진 않더라고요." 나는 내 발치에 쓰러진 한무의 손을 짓밟았다.

"해 보고 싶은 일이 생겼거든요. 그 일을 하는 데

관장님이 필요해서 그래요." 비비엔을 경멸하기보다는 이용하기로 했다.

이제 막 멋진 생각이 떠오른 참이었다. 그 아이디어를 실현하기 위해서는 웬만한 공영 방송국 뺨치는 전파력을 가진 비비엔의 채널이 필요했다. 그렇게 해서 비비엔도 무궁화호에 탑승했고, 오래 알고 지낸 사이라는 원장 선생님과의 어색한 재회에 이르게 된 것이다.

사정을 파악한 원장 선생님은 다시 광고 이야기로 화제를 돌렸다.

"그래서, 광고를 만드는 걸로 뭘 할 수 있는데? 네가 말한 연구소라는 게 실존한다고 하더라도 이미 들킨 이상 문을 굳게 닫았을 테고, 물증도…."

원장 선생님은 평소대로라면 내 필름 카메라가 걸려 있었을 곳을 가리키셨다.

"없네?"

"네? 네." 내가 필름 카메라를 선생님께 들이밀며 엄마 이야기를 꺼낸 적은 있었지만, 선생님께서 내 카메라를 직접 언급하신 것은 처음이라 당황스러웠다. 선생님도 내심 내가 연구소 현장을 찍어 오길 바라신 게 아닐까 짐작해 보았다. 찍기는 했지. 불타 버렸다는 점이 문제지만. 고개를 푹 숙였다. 원장 선생님의 질문이 이어졌다.

"그렇다면 물증이 없잖아. 네 주장을 어떻게 증명하려고?"

"우리에겐 물증 대신 증인이 있잖아요."

내 대답을 들은 비비엔이 갑자기 내게 패드 하나를 던졌다. 생방송 동영상이 나오고 있었다. 같이 보고 듣기 위해 원장 선생님과 비비엔이 내 뒤로 다가왔다.

화면 속에서는 한무가 무어라 열변을 토하는 중이었다. 그는 어깨에서부터 허리까지 내려오는 깁스를 하고 있었고, 오른쪽 얼굴의 쓸린 상처를 그대로 드러내고 있었다.

한무는 FK 아카데미 외벽을 뚫고 들어온 열차에 부딪혀서 다쳤다고 말했지만, 그는 열차와 충돌한 건물이 흔들리는 바람에 넘어진 것이지 열차 자체에 들이받힌 게 아니다. 그랬으면 죽었겠지. 게다가 얼굴에 난 상처는 내가 열차에 오르기 직전까지 보지 못했던 것이었다. 열차와 무관하거나 꾸며 낸 상처일 터였다. 그는 무궁화호가 일으킨 두 충돌을 테러리즘이라고 명명했고, 내가 원장 선생님의 망상에 이용되었다고 했다. 사실은 반대에 가까운데 말이다.

그는 이를 가는 소리를 숨기려는 노력조차 하지 않고 공격적인 어투로 칠색원을 비난하다가, 인터뷰를 마무리할 때가 되어서야 갑자기 원래 쓰던 점잖은 말투를 사용했다. 그 차이가 이루 말할 수 없을 정도로 기괴했다.

"이념을 위해 아이들을 테러에 사용하는 이런 풍조, 이제 멈춰야 합니다."

한편으로는 안타깝기도 했다. 우리가 저런 헛소리에 최선을 다해 맞서 싸워야 한다니. 한 겹만 벗기면 악의적인 거짓임이 드러날 논리에 대항하기 위해 겹겹이 무장해야 한다니. 사미타의 스웨터 목둘레 부분을 그러쥐고 얼굴에 가져다 댔다. 아직도 그 애가 쓰던 탈취제 냄새가 옅게 났다.

원장 선생님은 고통스러운 듯 얼굴을 감싸 쥐시더니, 한참 앓는 소리를 내시다가 마침내 광고 촬영 작전을 승인했다.

"맘대로 해."

그날 밤은 내 일생을 통틀어 가장 분주한 밤이었다. 비비엔은 드론을 사용해 무궁화호를 7고리의 창고로 옮겼고, 원장 선생님은 비비엔이 요구하는 사양의 카메라와 조명을 찾기 위해 그 창고를 계속 뒤졌으며, 나는 원장 선생님이 던져 주신 포스트잇에 아이디어를 계속 메모했다.

우리는 물증 대신 증인에 집중하는 방식의 광고 시안을 확정했다. 나뿐만 아니라 살아 돌아온 모든 아이가 카메라 앞에서 이야기하기로 했다. 치료를 받고 있던 아이들을 불러 모으고 무궁화호 내부 곳 곳에 둥그런 촬영용 조명등을 설치했다. 비비엔은 운전실을 지팡이로 훑어 넓이를 가늠하더니, 지나치게 넓다고 말했다.

"여기 양옆으로 가벽 같은 거 설치할 수 없어? 가운데만 나오게. 아니면 걸어 나오는 장면을 잘라도 되고." 비비엔이 원장 선생님께 제안했다.

타당한 지적이었다. 나 홀로 있기에 운전실은 너무 커 보였다. 하지만 나는 정확히 그 이유로 운전실을 그대로 두고 싶었다. 모든 건 생각보다 컸으니까. 세상은 압도적으로 장대해서 칠색원보다도 엄마보다도 큰데, 그대로 우리 어깨에 내려앉으니까. 그 부담감을 살리고 싶었다. 내 짧은 추억이 어려 있는 장소의 모습을 바꾸기 싫다는 생각도 들었다. 게다가 현실을 입맛대로 바꾸어 대중을 속인다면, 한무와 다를 바 없는 사람이 될 것만 같았다.

"저는 있는 그대로를 보여 주고 싶어요." 내가 말했다.

비비엔은 내 의견을 심사숙고하려는 듯 고개를 떨구었다. 다시금 비비엔을 설득하려는 찰나, 우리를 못마땅한 표정으로 지켜보고 계시던 원장 선생님이 한 말씀 하셨다.

안녕, 애들아

"그냥 자리일 뿐이잖아. 시간도 없으니까 그대로 해."

비비엔은 빚진 게 있는 사람처럼 자신의 의견을 접고 원장 선생님의 말씀에 따랐다. 결국 나는 무궁화호의 진짜 모습을 고스란히 담은 광고를 촬영할 수 있었다.

먼저 세연이를 비롯한 열 명의 아이가 객차의 좌석에 앉아 각자의 경험을 이야기했다. 반지 세대인 현우와 경이는 인공 중력이 일으키는 '몸이 으깨지는 듯한' 고통에 관해 울먹이며 이야기했고, 반지 세대가 아닌 수아 언니와 연호는 폐 속으로 검은 액체가 들어차는 끔찍한 경험에 관해 이야기했다.

우리는 그들의 말을 자르지 않았다. 아이들의 투박하지만 진솔한 이야기가 끝난 뒤, 나는 카메라를 정면으로 응시하며 말했다.

"이 열차를 비워 주세요."

비비엔은 이 말을 듣자마자 활짝 웃었다.

그는 원장 선생님의 도움을 받아 영상 편집을 마무리하더니, 한 치의 망설임도 없이 개인 채널에 업로드했다. 이렇게 끝나는구나 싶었는데, 곧 비비엔이 나에게 다시 촬영을 준비하라 일렀다. 짧은 생방송이 가능하다고 했다.

"이 시간에?"

"말했잖아. 사람들은 서프라이즈를 좋아한다니까. 게다가 광고에서는 영이 인간성을 보여 줄 여지가 없기도 했고."

원장 선생님은 이번에도 혀를 차며 수긍했다. 둘은 항상 이런 일을 해 온 것처럼 손발이 척척 맞았다. 협업하는 두 분을 지켜보는 동안 캐서린이 떠오르지 않았다면 거짓말이다. 내가 모르는 과거를 공유하는 두 분이 서로를 어색하게 여기면서도 함께 움직이는 걸 보니 저런 관계는 충분히 지향할 만하다는 생각이 들었다.

"좋아, 하고 싶은 말을 1분 정도 하면 된단다." 비비엔이 말했다. 혼자서 카메라를 다시 마주한 나는 호흡을 가다듬었다. 이것은 내가 그동안 바라 왔던 기회였다. 가가린컵 예선 우승자 소감 인터뷰나 마찬가지인, 이 세계 어디에 있을지 모르는 누군가에게 내 뜻을 전달할 기회.

"시작."

나는 비비엔의 신호를 듣자마자 진정으로 되찾고 싶은 사람에게 말을 건넸다.

"하이, 캐서린."

내 곁을 스스로 떠난 사람이 자꾸만 그리운 이유를 막 알아낸 참이었다.

안녕, 얘들아

"먼저, 우리 마지막이 좀 안 좋았지. 꺼지라고 해서 미안."

원장 선생님도, 비비엔도 눈치를 주지 않았다. 그래서 멈추지 않았다.

"언니는 내 안에서 자기 자신을 봤던 거야. 그렇지? 그래서 말이 좀 험하게 나오기도 했던 거고. 나도 칠색원 애들을 데려오면서 그걸 느꼈어. 나를 닮은 아이가 내가 했던 실수를 반복하지 않기를 바라는 마음, 그리고 그 애만 안전했으면 하는 마음. 그래서 언니도 나 말고 다른 애들은 중요하지 않다고 했던 거지? 진심이 아니었단 거 알아."

시간이 얼마 남지 않았다. 꼭 하고 싶었던 부탁의 말을 꺼내기로 했다.

"언니가 아니었으면 이 애들을 발견하지도 못했을 거고, 구하지도 못했을 거야. 고마워. 그리고 아직도 나를 중요하게 생각한다면…. 돌아와서 도와줘."

그렇게 촬영이 끝났다.

결론부터 말하자면 비비엔의 작전과 내 구상은 대성공이었다. 우리가 만든 영상은 단기간에 웬만한 방송국의 프로그램보다 높은 시청률을 기록했고, 몇몇 전문가들은 칠색원 아이들의 증언이 인공 중력 본투표의 판도를 바꿀 만큼 강한 파급력을 지넜다고 평가하기도 했다.

이튿날 우리의 영상과 관련한 통계 자료 정리를 마친 비비엔이 칠색원을 떠날 때, 그를 배웅하는 사람들의 얼굴에는 미소가 가득했다. 하지만 나는 좀처럼 그 상황을 순수하게 받아들일 수 없었다. 솔직히 말해서, 비비엔과의 촬영이 너무 손쉽게 끝났기에 이것도 한무의 전략 중 하나가 아닐까 하는 두려움이 가시지 않았다.

비비엔이 부른 무인 포드가 도착하자, 나는 모여 있는 사람들 앞으로 뛰어나와 마음속에 묻어 뒀던 질문 하나를 던졌다.

"왜 그렇게 순식간에 저를 따라나서기로 결정하셨던 거예요?"
"한무 그 애가 내 박물관에 사람을 보내는 이유가 뭐라고 생각하니?"

언제나처럼 비비엔은 질문에 질문으로 답했다. 어느덧 이 화법에도 익숙해졌다.

"압도되라는 거야. 기차, 자동차, 비행기…. 한 시대를 주도했던 탈것들이 박제된 동물처럼 늘어져 있는 걸 보고 느끼라는 거지. 넌 아무것도 아니라는 걸, 한때는 명품이라 불린 존재도 결국은 잊힌다는 걸. '내 업적을 보라, 위대한 이들이여, 그리고 절망하라.'"

안녕, 얘들아

비비엔은 내 머리를 조심스럽게 쓰다듬으며 미소 지었다.

"아무나 그것들을 보고… 개조해서 우주선을 만들어야겠다고 생각하진 않는단다. 너에겐 그런 힘이 있어. 잊힌 존재에게 새로운 생명을 부여하는 힘. 그걸 소중히 여기렴."

그 말을 듣고서야 나는 비로소 웃을 수 있었다.

[40ATF 06월 18일, 칠색원 7고리]

비비엔을 보낸 후, 나는 차고가 된 7고리에서 공구를 만지작거리며 시간을 보냈다. 세연이를 비롯한 아이들은 집중적인 치료와 검진이 필요해 병원에 입원한 상태였다. 7고리 안에 있는 사람은 당연히 나뿐이라고 생각해서 온갖 앓는 소리를 전부 입 밖으로 내고 있었는데, 갑자기 뒤에서 헛기침 소리가 들려왔다. 원장 선생님이셨다. 무슨 말씀을 하실지는 이미 짐작하고 있었기에, 가볍게 묵례만 하고 잔소리가 시작되기만을 기다렸다.

"만에 하나 인공 중력에 대한 국민 투표 결과가 안 좋게 나온다고 해도… 계속 무궁화호를 타고 나가서 들이받는 식으로 모두를 구할 수는 없어."

"나갈 일이 없어야죠."

정적이 흘렀다. 선생님은 조금 뒤에 "그래야지."

라고 말씀하셨다.

선생님은 긴 팔을 가볍게 움직이며 내 옆으로 다가오셨다. 내려다보는 시선을 이용해 엄중한 경고라도 내리시려는 걸까 싶었지만, 선생님은 무궁화호의 흠집투성이 별에 손을 얹고 열차 전체를 천천히 훑어보셨다.

"너희 엄마랑 똑같아, 아주. 아무거나 우주선으로 개조하고."

우리는 누가 먼저 제안한 것도 아닌데, 자연스럽게 무궁화호에 등을 기대곤 7고리의 거대한 창을 향해 몸을 돌렸다. 그리고 함께 지구라는 이름의 새하얀 구체를 바라보았다. 내가 이 상황이 어색하다고 느끼기 시작했을 때, 선생님이 본론을 꺼냈다.

"네가 원하면 너희 엄마에 대해 이야기해 줄 수도 있어. 처음부터."
"아니요. 괜찮아요."

조금 차갑게 들렸을 수도 있겠다는 생각이 들었다. 하지만 이 정도의 단호함은 필요했다. 그렇게 하지 않으면 다시 엄마라는 존재에 너무 얽매이게 될 것 같았다.

원장 선생님은 여전히 무궁화호의 벽에 한 손을 얹은 채로 몸을 숙였다. 기다란 코트 자락도 아니고 다원이라는 이름이 적힌 명찰도 아닌, 선생님의 두 눈이 내 눈과 마주쳤다. 선생님의 눈동자가 연한 밤색이라는 것을 그제야 알았다. 나는 시선을 피하지 않기로 했다.

"궁금한 게 있긴 해요."

어쩌면 늘 이런 순간을 고대해 왔는지도 몰랐다. 누군가 가만히 눈을 맞추고 내 이야기를 들어 주는 순간 말이다. 선생님은 조용히 고개를 끄덕이셨다. 나는 울음에 휩쓸리지 않으려 노력하면서 말을 이었다.

"미련을 버려야 한다는 것까진 알겠고, 그렇게 했어요."

캐서린 언니도, 엄마도, 전부 필요 없었다. 그래야 했다. 곁에 누군가가 없다는 이유만으로 벌벌 떨면 안 된다고 생각했다. 혼자라도 괜찮은 사람이 되기 위해 필사적으로 노력했다.

"그런데 너무 공허해요."

빠르게 눈을 비볐다. 다행히도, 눈물은 공중으로 흩어지기 전에 손가락 아래로 퍼져 드러나지 않았다.

"원래 그래."

선생님이 지친 목소리로 말씀하셨다.

"지금 당장은 마음에 빈칸이 많은 것처럼 느껴질 거고, 실제로도 그렇겠지만… 점점 그 공간을 너

자신으로 채우는 법을 알아 가게 될 거야. 외로운 채로 지내는 게 아니라, 당당히 홀로 서는 법을 배우게 될 거야."

반신반의했다. 정말로 그런 날이 올까? 정말로 괜찮아질까?

"나도 그랬고, 비비엔도 그랬어. 너희 엄마까지. 우리 셋이 같이… 뼈저리게 배웠지."

역시 셋이 아는 사이였구나. 나는 방금 들은 말이 원장 선생님의 은근한 호의임을 알아차렸다. 눈을 한 번 더 비볐다.

"홀로 설 수 있을 때까진 마음껏 그리워해도 돼."

더 이상 참을 수 없을 것 같았다. 그래서 원장 선생님께 달려들어 안겼다. 선생님의 품도, 내 눈물도 따뜻했다.

그렇게 나는 미련한 나를 받아들였다. 앞으로도 엄마가 보고 싶긴 하겠지. 서린 언니도, 단란도 계속 그리울 거다. 내게 그런 마음이 있다는 사실을 인정했다. 한편으로는, 그들이 내 꿈의 전부가 되도록 두진 않을 작정이었다. 선생님은 내 울음이 그칠 때까지 한참을 그대로 있어 주셨다.

"저는 버려질 운명을 타고난 건가요?" 그동안 대의라는 얼음 속에 갇혀 있던 질문이 따뜻함 속에서 마각을 드러냈다. 엄마도 나를 버렸고, 캐서린도 나

안녕, 애들아

를 홀로 남겼고, 단란과 비비엔도 나와 끝까지 함께 해 주지는 않았다. 앞으로도 같은 일이 반복될지 알고 싶었다.

"아니." 원장 선생님은 짧게 답했다. 그걸로 충분했다. 나는 칠색원에 있었고, 세연이와 원장 선생님과 함께였다.

창백한 지구가 햇빛을 반사해 만들어 낸 빛이 우리를 감쌌다. 그 빛이 눈물을 바싹 말렸다. 건조해진 눈머리 부근이 팽팽히 당겨지고 나서야 선생님에게서 떨어질 수 있었다.

"이제 어떡하죠?" 원장 선생님께 물었다. 돌아온 대답은 단순했다.

"기다려야지."

그리고 우리는 그렇게 했다.

[40ATF 06월 19일, 인공 중력 설치에 관한 국민 투표 본투표일]

원장 선생님께서는 FK 아카데미의 연구소에서 감염병이 돌았을 수도 있다며, 우리가 로비에 모여서 개표 방송을 보는 것을 금지하셨다. 하지만 전에 비해 눈에 띄는 태도로 우리를 아끼시고 밤마다 아이들 수를 조심스럽게 세는 선생님의 모습을 지켜본 나는, 실제 목적이 다른 데 있을 것이라 짐작했다. 선생님은 돌아온 아이들이 아직 돌아오지 못한 아이들의 규모를 새삼 떠올리지 않게 하려는 것 같았다. 바글바글해야 할 곳이 한산한 것을 보면 무엇이 가장 먼저 생각나겠는가.

우리는 각자의 방에서 패드를 통해 개표 방송을 보게 되었다. 웬만한 모니터가 부럽지 않았던 사미타의 접이식 패드가 그리워지는 날이었다. 개표 방송이 시작되기 한참 전부터 패드를 노려보고 있는데, 세연이가 조용히 옆으로 다가왔다. 방 대부분이 텅텅 비었으니 더더욱 혼자 있고 싶지 않았겠지. 나는 얇은 담요를 우리 둘의 어깨에 걸쳤다.

방송은 의외로 지루했다. 개표 결과를 쫓아가는 과정의 박진감이 부족해서인 것도 같았고, 진행자들에게 흥미롭게 보도할 생각이 없어서 그런 것도 같았다. 그들은 이 사안을 진중하고 깊이 있게 분석하지도 않았는데, 주요 방송사 세 곳 중에서 한 곳만이 투표 결과를 분석하기 위해 패널들을 초빙했다.

의학 전문가는 반지 세대에게 일어날 수 있는 유전자 변형에 대해 설명했고, 시민운동가는 무궁화호의 고의 충돌이라는 사건을 초래한 프레임코리아의 비밀주의를 지적했고, 어느 교수는 인공 중력 도입 문제가 투표에 부칠 사안이 아니라고 역설했다. 사람의 목숨이 걸린 일을 다수결로 결정할 수는 없다는 것이 그의 주장이었다.

안녕, 얘들아

방송 화면 옆의 채팅 창은 교수가 상황을 과장한다는 비난으로 가득 찼다. 누군가는 교수의 말더듬증을 조롱하기도 했다. 하지만 나는 그의 말투가 전혀 거슬리지 않았다. 우리의 진심 어린 호소를 제대로 들어 준 사람이 있다는 사실이 중요했다. 우리의 주장이 사회적으로 권위 있는 사람의 입을 통해 나왔다는 데 감사할 뿐이었다. 그 교수의 마무리 발언을 듣고, 나는 채팅 창을 아예 닫아 버렸다.

우리에게 우호적인 패널만 있는 건 아니었다. 어떤 이들은 허세로 다림질한 양복을 입고 방송에 나와, 논의를 이상한 방향으로 이어 갔다. 한 남성 패널은 이렇게 발언을 시작했다. "편향적이지 않은 중립적인 시각에서 대안을 마련해야…." 하지만 그는 한무의 죄보다는 피해자 증언의 조작 가능성을 물었고, 아이들이 다쳤는지 묻기보다는 무중력 상태에서 건강을 잃어 가는 어른들의 몸을 걱정했다.

나는 한숨을 쉬었다. 인공 중력 장치를 반지 전역에 설치하면 우리는 말 그대로 죽는다니까. 중립적인 시각은 무슨 중립적인 시각. 초조한 마음에 입술을 핥았는데, 연구소에서 느꼈던 피 맛이 아직도 혀끝에 희미하게 감돌았다.

"반대가 많겠지?"

방송을 보던 세연이가 처음으로 한 말이었다.

"그럴 거야."

나는 아기를 재울 때처럼 세연이를 안고 천천히 좌우로 흔들었다. 안심시켜 줄 필요가 있었다.

패널들은 몇 시간에 걸쳐 토론을 이어 갔다. 토론자가 바뀔 때마다 등장하는 논리 역시 바뀌었고, 어떤 논리는 다른 논리보다 우세했다. 하지만 논쟁은 또 다른 논쟁만을 낳을 뿐, 어떤 결론에도 도달하지 않았다.

그사이 세연이가 졸다가 급하게 일어나려 들기를 몇 번 반복했다. 아예 재워 버리고 싶었지만, 세연이는 결과를 직접 확인하겠다며 초인적인 힘으로 새벽까지 깨어 있었다.

1시까지는 버틸 만했다. 방송사가 이틀 뒤 열릴 가가린컵 청소년부 본선과 관련한 보도를 개표 중계 사이에 간간이 삽입했기 때문이다. 뉴스 속의 단란은 태극기를 모티프로 두고 디자인한 것 같은 국가 대표 유니폼 차림으로, 우리가 예선에서 제쳤던 다른 학교 학생들과 함께 열심히 훈련 중이었다. 그곳이 그가 있어야 할 자리였다. 패드를 앞에 두고 작게 손을 흔들었다.

새벽 2시가 넘어가자, 방송에 출연하는 사람들의 얼굴에 지친 기색이 역력해졌다. 우리 역시 마찬가지였다. 판결을 기다리는 범죄자가 된 것만 같아 기

분이 좋지 않았다. 이런 마음이 짜증으로 번져 갈 때쯤, 고대하던 말이 아나운서의 입을 통해 나왔다

"네, 최종 결과가 들어왔습니다."

기대감에 숨을 죽이고 눈을 부릅떴다.

곧 우리 눈앞에 나타난 글자들은 다음과 같았다.

안건: 반영구적 지상 대체 플랫폼 내 인공 중력 전면 설치 여부에 관한 건

투표율: 41.1%

결과: 찬성 71.5%, 반대 22.3% (통과)

방송 스튜디오 곳곳에서 탄식 소리가 새어 나왔다. 결과를 보니 의견이 첨예하게 대립하지도 않았다.

진행자들은 덤덤하게 결과를 보도했다. 화면 너머로 우리의 표정을 볼 수 있었다면, 그들의 태도가 조금은 달라졌을까? 나는 화면에서 눈을 떼지 않았다. 혹시나 결과가 달라질까 봐, 하다못해 우리의 처지를 대변해 주는 누군가가 한마디라도 해 줄까 봐 두 눈을 크게 떴다.

하지만 그런 일은 일어나지 않았다.

방송사는 한무와 영상 통화를 시도했다.

창백한 그의 얼굴에는 생기가 없었다. 그가 붉으락푸르락 성을 내며 우리를 전부 죽여 버리겠다고 다짐하던 모습은 내 머릿속에만 남아 있을 것이다. 한무는 투표 자체가 얼마나 불필요하고 불편한 과정이었는지를 토로하더니, 그렇기는 해도 이 투표 결과가 더 나은 세상을 위한 첫걸음이 될 것이라며 떠들어 댔다. 그 후 이어진 장광설이 전부 기억나지는 않지만, 마지막 한 마디만큼은 아직도 뇌리에서 지워지지 않는다.

"우리 아이들이 먼저 돌아갑니다."

그는 이 한마디를 완벽하게 소화했다. 자신감 넘치는 표정, 아이들을 생각하니 감격스럽다는 듯 촉촉해진 눈가, 그리고 희열에 찬 듯 높게 쳐든 주먹. 이 역사적인 순간은 영상으로 박제되어, 향후 프레임코리아가 내거는 광고에 한 번도 빠짐없이 사용되었다.

과거와 현재 중에서 전자가 더 달콤한 건 당연하다. 내가 국민들에게 쓰디쓴 약을 먹였다면 한무는 다디단 사탕을 준 셈이었다. 그렇게 군중은 약의 존재를 잊어버렸다.

어차피 내 뜻대로, 모두가 원하는 대로 돼.

"멍청이들."

나는 패드 화면을 껐다. 어두워진 화면을 노려보

안녕, 애들아

며 아랫입술을 잘근잘근 씹었다. 입가를 제외한 몸 어디에도 힘이 들어가지 않았다. 막막한 기분을 안고 로비로 나갔다. 나를 급히 쫓아오는 세연이의 기척이 느껴졌다.

나는 늘 그랬듯이 창밖의 지구를 내려다보았다. 하지만 이제는 전혀 즐겁지 않았다. 지구 시절은 수많은 고전 영화가 증명하듯 아름다웠겠지만, 그러니 추억할 수야 있겠지만, 결코 저곳으로 돌아가서는 안 된다.

감상에 젖어 있던 내게 세연이가 손을 내밀었다. 아무런 생각 없이 맞잡아 주었다. 잠시나마 연결된 우리는 함께 다른 아이들의 부재를 느꼈다. 얼마 전 비슷한 상황에 놓였을 때는 세연이가 사라졌었는데, 이번에는 세연이 대신 사미타가 없었다.

로비는 그때보다도 더 적막했다.

조용함을 견디지 못한 나는, 아무것도 몰라야 할 아홉 살짜리 애한테 물었다.

"내가 상황을 더 나쁘게 만든 걸까?"

얻은 것보다 잃은 게 더 많아 보였다. 엄마도, 사미타도, 서린 언니도, 단란도 없었다. 내가 할 수 있는 최선을 다했음을 알면서도, 더 나은 방법이 없었을까 하는 생각을 멈추기 어려웠다. 은연중에 세연이가 지금의 상황이 가장 좋은 결과라고 도닥여 주기를 바랐다. 하지만 그 애의 대답은 이랬다.

"더 안 나쁘게 만들 수는 있잖아."

세연이는 손가락으로 바깥을 가리켰다. 얼마 전까지만 해도 백색 일변도였던 반지에는 이제 적갈색의 로켓 발사대가 군데군데 세워지기 시작했다. 멀리서 보고 있노라면, 마치 금속에 녹이 스는 과정을 지켜보는 것만 같았다.

세상의 거대한 물살에 쓸려 내려가는 쌀알 한 톨이 된 기분이었다. 열차로 로켓을 무너뜨리고, 광고를 찍어 국민들에게 호소하기까지 했는데 전부 무용지물이 되었다.

"이런 기분을 말씀하시는 거였군요, 관장님." 나지막이 중얼거렸다. 이 감정의 정체를 파악하기까지는 오랜 시간이 걸리지 않았다. 무력감이었다. 비비엔이 FK 아카데미 내부에서 싸우는 동안 느꼈을 감각 말이다.

"더 안 나쁘게 만들 수 있을까?"

나는 세연이의 표현을 그대로 이용해 되물었다.

"난 언니 믿어." 세연이가 덤덤하게 말했다. 한 치의 의심도 없는 어조라서, 나는 아직 스스로를 믿지 않았음에도 그 애의 말을 믿어 보기로 했다.

무력감은 진흙 같았다. 어쩌다가 희망이 밝게 비

안녕, 얘들아

출 땐 단단하게 굳었다가도, 절망이 한 방울이라도 내리면 다시 질척이는 진창으로 바뀐다. 그 감정은 우리가 살아 있는 한 절대로 사라지지 않을 것이다. 하지만 그 진흙으로 무언가를 빚어낼 수도 있겠다는 생각이 들었다. 무언가 아름답고, 광활하고, 빛나는 것.

그런 생각으로 구조 활동을 시작했다.

[41ATF 12월 27일, FK-24호 발사 현장]

구조 활동이라는 것에 대해 자세히 설명하자면, 그 내용은 다음과 같다. 반지 각지에서 구조 신호를 받는다. 인공 중력 때문에 문제가 생겨 도움이 필요해지거나, 프레임코리아의 로켓 안에 들어가게 될 위험에 처한 사람이라면 그 누구라도 우리에게 신호를 보낼 수 있다.

신호를 받은 나는 무궁화호를 타고 이동해 구조를 요청한 이들을 칠색원으로 데려온다. 이로써 칠색원은 본래의 구실, 그러니까 도움이 필요한 사람들의 임시 보호소 역할을 다시 수행할 수 있게 되었다.

이 계획을 실행하는 데는 칠색원의 통신 업무를 관장하는 원장 선생님의 동의가 꼭 필요했는데…. 음, 선생님의 고민보다 내 고집의 힘이 더 셌다고만 해 두자. 우리의 논의는 선생님께서 "넌 말려도 굴하지 않겠지?"라며 한탄하시는 것으로 마무리되었다.

그 뒤로 나는 프레임코리아 몰래 그들의 로켓 스물세 대를 가로챘고, 그 안의 아이들을 빼내 칠색원으로 옮기는 임무를 아무에게도 들키지 않고 수행해 왔다. 프레임코리아 로켓 건 외의 통상적인 구조 요청에는 일주일에 두어 번꼴로 대응했고 말이다. 그게 어떻게 가능했냐고?

나한테 "너를 지켜볼게."라고 말했던 조력자 덕분이다. 원장 선생님과의 실랑이가 마무리되고 나서 3개월 정도가 지난 어느 화요일 아침, 내가 그토록 기다리던 호루라기 같은 신호음이 들려왔다. 최초의 구조 요청이었다.

들뜬 마음으로 방문을 열어젖히고, 마침 복도를 지나가던 드론에 올라타서 무궁화호가 주차된 7고리로 향했다. 무궁화호에 올라타자 새로 단 기관차 출입문이 자잘한 진동음을 내며 자동으로 닫혔다. 나는 무작정 밖으로 향했다.

경고, 경고, 무허가 우주선 이탈, 무허가 우주선 이탈….

내 활동을 묵인하겠지만 공식적으로는 허가하지 않겠다는 원장 선생님의 의지가 담겨 있는 경고였다. 그렇게 생각하니 '무허가'라는 단어가 감미롭게 느껴지기까지 했다. 이탈을 허가받지 않은 무궁화호는 경고를 뒤로하고 칠색원을 벗어났다.

안녕, 얘들아

갓 설치한 무전기의 주파수를 구조 신호에 맞추고, 신호의 발신지를 향해 이동했다. 곧 익숙한 광경이 눈에 들어왔다. 몇 달 전에 본 로켓과 똑같이 생긴 녀석이 저만치에 우뚝 서 있었다. FK-2호였다. 프레임코리아 로켓 속의 아이들을 또다시 구하는 것으로 본격적인 구조 활동을 시작하게 되었다.

"무식하게 혼자서 가려고, 걸레짝?"

그때 단란이 무전을 통해 말을 걸었고, 내 레이더에 우주선 서너 대가 더 잡혔다. 그렇게 해서 팀원이 생겼다. 무작정 발사대를 들이받는 것보다 더 효과적인 방법도 덩달아 생겨났다.

단란은 FK 아카데미 측에 자신의 활동을 들킬 위험이 있다며 결코 현장에 나타나지 않았다. 대신, 그의 주선으로 모인 가가린컵 청소년부 예선 참가자들이 또래들을 구하겠다는 공동의 목표 아래 지금까지도 나와 함께 행동하고 있다. 작전을 주도하는 나, 누구보다도 빨리 정찰하는 제우, 그리고 스텔스 기술의 일인자 로나까지. 내 입으로 말하긴 좀 그렇지만, 최고의 팀이다. 최고의….

"뭐 하는 건데?!"
"정신 차려!"

그리고 지금 그 팀원들이 전부 나에게 소리치고 있다. 무궁화호는 FK-24호와 함께 지구 대기권으로 곤두박질치는 중이고, 난생처음 봤는데 어째서인지 익숙한 우주선이 날카로운 기계 팔을 뻗어 오고 있다. 그 손이 운전실을 강타하리라 예상한 나는 반사적으로 몸을 구겼다.

　이상하게도 두렵지 않았다. 오히려 분했다. 나는 지금까지도 찾지 못한 사미타를 떠올려 보았다. 그 애는 살아 있을까? 우리의 작전을 눈치챈 한무가 그 애를 죽인 것은 아닐까? 그렇다면 내가 이런 활동을 계속하는 이유는 뭐지? 지난 1년간의 경험이 산산이 부서져 시작점으로 내려앉은 것 같았다. 그동안 기울인 노력의 결과가 고작 이런 상황이라는 사실이 원통했다. 칠색원의 열네 살 소녀 영이 묻는다. *그동안의 기다림을 엄마와의 만남이 아니라면 무엇으로 보상받아야 하는데?* 그리고 지금의 영도 묻는다. *이렇게까지 한 대가로 나한테 돌아오는 게 뭔데?*

　아무것도 없다. 착한 일 좀 하겠다고 설치다가 정체도 모르는 상대의 손에 죽는 게 내 운명이다.

　될 대로 되라지. 나는 냉소하며 모든 게 부서져 버리기만을 기다렸다. 레버를 당겨 열차의 시동까지도 꺼 버렸다.

　하지만 무궁화호에는 어떤 충격파도 일지 않았다. 추적자의 기계 팔은 FK-24호와 무궁화호 사이를 잇는 연결 튜브를 붙들더니 뜯어내 버렸다. 그러고는 열차의 아래쪽으로 이동해 엔진 출력을 높여

안녕, 얘들아

열차를 지구 중력의 반대 방향으로 세게 밀어붙였다. 마치 무궁화호를 들어 올리려고 안간힘을 쓰는 것만 같은 모양새였다. 우리는 한순간에 다시 안정 구역에 접어들었다.

"애들아, 의자에 착 기대! 안전벨트도 매고!"

들뜬 마음 때문인지 객실을 향해 외치는 내 목소리가 요동쳤다. 황급히 후방 카메라를 켠 나는 그제야 기계 팔이 날린 우주선의 조종사가 누구인지 알아차렸다. 아직 용서는커녕 이해하지도 못한 사람. 나보다 고작 2년 먼저 태어났다고 어른인 척하던, 그러니 어쩌면 구조 신청을 하게 될 아이들에게 행동 요령을 미리 알려 줬을 사람.

오랜만이야, 언니.

다시 열차의 시동을 걸었다. 그러자 요란한 소리가 나면서 주변의 이목이 나와 열차로 집중되는 게 느껴졌다. 그래, 대가를 받지 못해 서럽다면 이런 눈빛 하나하나에 담긴 마음을 기억하면 될 일이었다. 나는 엔진 부스트 버튼을 눌러 열차를 이륙시켰다. 엔진이 요란한 소음으로 나 대신 기쁨의 함성을 질러 주었다.

멈추지 않는 피스톤처럼 격렬한 심장 박동이 느껴진다. 그 소리가 관자놀이를 통해 귓속까지 울렸다. 덕분에 도대체 무슨 생각으로 시동을 껐냐고 추

궁하는 팀원들의 목소리는 묻혀 버린다. 머릿속의 안개가 걷히고 해가 뜬다. 따뜻한 깨달음의 광선이 나를 비춘다.

보상은 없다. 왜냐하면 선행은 미련한 짓이니까. 몇 번이고 배신당하더라도 다시 누군가를 믿어야 하고, 모두가 떠나가더라도 남아야 한다. 떠나간 이들이 다시 돌아온다는 보장은 없다. 하지만 그래도 옆자리를 비워 둔다면, 운전실에 한 사람이 더 앉을 자리를 남겨 둔다면, 이렇게 뜻밖의 선물이 찾아올지도 모른다.

반지가 있는 방향으로 올라간 뒤, 멈추지 않고 그 너머의 우주로 향했다. 모든 창문이 새까만 하늘빛으로 물들자마자 핸들 옆의 은빛 마이크를 집어 들었다. 꼬불꼬불한 연결선이 팽팽하게 입가까지 와 닿자, 나는 한결 가벼워진 마음으로 보고한다.

"미안, 얘들아. 걱정하지 마. 우리 편이야."

부족한 것이 채워진 게 아니라, 새로운 것이 더해졌다는 느낌이다. 나는 우여곡절 끝에 스물네 번째 구조 활동을 성공적으로 마무리했음을 알린다.

"칠색원, 여기는 무궁화호. 잠시 뒤 구조대와 함께 도착하니 7고리 개방 요청드립니다."
"7고리 입구 개방한다."

다원 쌤의 건조하지만 다정한 목소리가 스피커로

안녕, 얘들아

전해져 온다. 나는 저만치에서 은빛으로 빛나는 우리의 집을 향해 열차를 몬다. 이제 희망을 안고 돌아갈 차례다. 지금 가슴속에서 피어오르는 약간의 따스함을 느낄 수 있는 한, 무궁화호는 앞으로도 계속 멈추지 않을 것이다.

다원의 로그

주파수가 맞아야 하는데. 됐나? 됐네.

오늘이…. 41ATF 12월 29일, 오전 2시 6분. 안녕. 오랜만이네. 옛날 전파를 가로채서 보내는 거라 조금 전까지 일반 방송이 좀 나갔을 수도 있어. 네가 광고 싫어하는 건 아는데, 이건 정말로 불가항력이 었어. 봐주라. 지구로 보내는 거랑은 상황 자체가 다르니까. 네가 있는 데까지 전파를 보낼 수 있다는 거 자체가 기적이라고.

어디 보자, 뭐부터 얘기해야 하지? 영이가 가가린 컵 나가서 난리 친 거 말했고, 국민 투표 망한 것도 알려 줬고. 딱히 보고할 거리는 없네. 사실 퓨즈가 나갈까 봐 급하게 찍는 거야. 통신 모듈이 과열로 녹기라도 하면 앞으로는 아예 로그를 못 보낼 수도 있으니까.

이번에는 우리 둘 얘기부터 할게. 내가 졌어. 교수

다윈의 로그

님 말버릇 두고 우리끼리 매번 싸웠던 거 기억하지? 네가 맞았어. "세상은 천천히 변한다." 그 말처럼 헛소리인 게 또 없더라. 힘을 가진 놈들이 마음만 먹으면 순식간에 판이 엎어지더라고. 비웃지 말고 들어봐. 투표 결과가 나오고 나서 반지 전역에 인공 중력을 적용하기까지 얼마나 걸렸는지 알아? 2주. 네 말대로, 세상은 충동적으로 변해. 그걸 왜 여태껏 부정하고 있었을까? 애초에 '지구 위에서 조립하는 고리형 우주 도시'라는 발상도 술자리에서 갑자기 튀어나온 거였는데.

괜히 암울해졌네. 분위기 전환을 좀 해 보자. 영이는 아예 구출 작전을 전문적으로 수행할 팀을 꾸렸어. 몰려다니면서 프레임코리아 몰래 애들을 잘도 빼 오더라. 영이가 적실고 협력까지 얻어 낼 줄은 몰랐어. 그 비밀스러운 것들이랑 팀을 꾸릴 줄이야. 난 솔직히 아직도 영이가 너무 무모하다고 봐. 위험한 일을 한다고 생각하고. 하지만 애들 생사가 걸린 문제인데 어떻게 막겠어. 내가 뭐라고. 그래서 암묵적으로 허용했어. 그렇지만 이건 표면적인 이야기고…. 내가 영이의 활동을 용인하는 진짜 이유가 뭔지 알아?

네가 여기 있었으면 일 다 팽개치고 영이랑 무궁화호를 탔으리라는 걸 알거든. 눈에 선해. 아무튼 그래서 칠색원에 들어오는 애들이 자꾸 늘어나다 보니까… 보라색 구역도 애들한테 내주게 됐어. 이젠 7고리라고 부르긴 해. 네 아이디어에 맞춰서 칠했던 무지개색 페인트가 이제는 다 벗겨졌으니까.

영이네 팀이 아이들을 직접 구하는 동안, 나는 다른 학교 사람들이랑 지구 귀환 프로젝트에 법적으로 대응하는 방안을 구상하는 중이야. 빠르고 무모한 투쟁과 느리고 무난한 싸움을 동시에 하지 말라는 법이 어디 있어? 그래서 통신 모듈이 과열 상태인 거야. 영이의 팀을 찾는 구조 요청이 계속 오고 있고, 나한테 오는 연락도 끊일 날이 없으니까.

바빠서 죽을 지경이지만, 고생을 조금이나마 덜어 주는 사람이 있으니 다행이지. 맞다, 네가 걔 얼굴도 봤어야 하는데. 우리가 아직도 영공 바깥을 떠다니는 신세다 보니까, 애들 밥을 비비엔이 조달해 주고 있어. 언제나 그랬듯이 바람처럼 왔다가 바람처럼 가신다. 고맙게 받고 있어. 괜히 반지로 내려갔다가 건물을 통째로 압류당하는 것보다는 이게 낫지.

이야기는 여기까지 해야겠네….

맞다. 약속은 아직 잘 지키고 있어. 영이한테 너에 대해서 한마디도 안 했다는 뜻이지. 물론 무궁화호를 끌고 와서는 광고를 찍겠다고 했을 때, 그 당돌한 모습에 놀라서 말할 뻔하긴 했어. 다행히 영이도 네 이야기는 듣고 싶지 않다고 했고, 나도 여지만 남겨 뒀으니 된 걸로 하자. 하지만 나중에라도 영이가

다원의 로그

물어보면 처음부터 끝까지 다 알려 줄 거야. 가감 없이. 네가 얼마나 대단한 사람이고, 얼마나 미친 짓을 했는지. 그리고 시대가 널 어떻게 배신했는지. 물어보면 알려 주기로 약속해 버렸으니 때가 되면 약속을 지켜야지.

이상하게 생각하진 마. 너 죽은 거 알아. 상식적으로 봤을 때 당연히 죽었겠지. 이렇게 로그 찍는 것도 그냥 내가 기록하고 싶어서 하는 거야. 그러니까 혹시라도 살아 있으면… 보지 마. 쪽팔리거든.

난 아직도 너 싫어.

진짜로 여기까지.

[로그 종료]

작가의 말

저는 끔찍하리만큼 많은 걸 좋아합니다. 《원더 우먼》이나 《블랙 위도우》 등의 코믹스도 아끼고, 〈스타워즈〉나 〈헝거 게임〉 시리즈를 비롯한 할리우드 영화에도 푹 빠져 있습니다. 아마 여러분이 무엇을 상상하든 간에, 저는 그것을 이미 좋아하고 있을 겁니다.

하지만, 제가 사랑해 마지않는 이야기들은 종종 저를 배신했습니다. 남성 캐릭터의 '각성'을 위해 훌륭한 여성 캐릭터를 죽이는 일이 비일비재했고, 정치적으로 올바르다는 평가를 받는 작품조차 소수자 캐릭터들을 이른바 '토큰'으로 끼워 넣는 경우가 많았죠. 만족스러운 이야기가 하늘에서 떨어지기를 기다릴 수만은 없었습니다.

공책에 그리는 만화나 2차 창작에 만족하던 제가 스스로 구상한 소설을 쓰게 된 이유입니다. 그러니 첫 작품은 자연히 '펄프 픽션'에 보내는 애증 섞인 러브 레터가 될 수밖에 없었습니다.

펄프 픽션 속의 수많은 이야기는 항상, 포악한 우주 제국에 저항하거나 사악한 침략자들을 무찌르는 등의 방식으로 악의 조직을 처단하고 선을 위해 싸우라고 말합니다.

그러나 현대 사회에서 악은 우리의 주의를 곧잘 다른 곳으로 돌리곤 합니다. 우리는 분노의 화살을 어디로 돌려야 할지 모르게 되었습니다. 방향을 알아챘다 하더라도 '화살 하나 쏜다고 뭐가 달라지겠어?'라고 자문하기도 하죠. 그래서 영의 이야기를 쓰게 되었습니다. 저는 언제나, 가장 가벼운 이야기가 가지는 힘을 믿으니까요. 막연한 그리움에서 벗어나 친구들을 위해 싸우게 되는 한 소녀의 이야기를 통해, 독자 여러분도 무력감의 시대를 헤쳐 나갈 힘을 얻으신다면 좋겠습니다.

책을 쓰게 되었다고 들뜬 마음으로 자랑했을 때부터 아낌없이 응원해 준 친구들, 그리고 하나뿐인 동생 소운이에게 고마운 마음을 전합니다. 소설의 재료만을 가지고 티 미팅에 참석했던 제가 진정 무엇을 요리하고 싶어 하는지를 일깨워 주신 테오 PD님과 안전가옥 분들, 이혜정 편집자님, 그리고 이 책을 펼쳐 주신 여러분께도 감사할 따름입니다.

이제 저는 이 책이 놓은 선로를 따라 더 재밌고, 과감한 이야기들을 선보이기 위해 나아가려고 합니다. 제 이야기 열차에 탑승해 주신 승객 여러분을 진심으로 환영합니다.

출발합니다.

2024년 6월
최해린 드림

프로듀서의 말

안전가옥에는 '매치업 프로젝트'라는 특별한 작가 발굴 프로그램이 있습니다. 안전가옥이 선정한 테마와 잘 어울리는 작가를 직접 찾아 나서는 이 프로젝트는 '기후 미스터리'를 시작으로 가장 최근의 '인간 증발'에 이르기까지 다양한 테마를 넘나들며 진행되고 있습니다.

　최해린 작가님의 《우리들의 우주열차》는 매치업 프로젝트의 다섯 번째 테마였던 '우주 대모험'을 통해 만나게 된 작품입니다. 이 테마는 청소년 독자를 생각하며 선정한 것으로, 소년·소녀들이 주인공으로 등장하여 우주를 배경으로 모험담을 펼쳐 주기를 바라는 마음으로 기획했습니다.

　작가님의 기획안을 처음 봤을 때, '반영구적 지상 대체 플랫폼'이란 신선한 아이디어와 '무궁화호'라는 레트로 아이템이 특별한 시너지를 보여 줄 것이라는 기대감이 들었습니다. 작가님과 작년 한 해 동안 치열하게 고민하고 논의하며, 작가님께서 전달하고자 하는 바를 더욱 재미있게 그리고 조금이라도 의미 있게 만들고자 노력했습니다. 당시의 기억이 지금까지도 아주 또렷하게 남아 있어서, 이렇게 결과물을 맞이하게 되니 그 기쁨이 더욱 각별합니다.

프로듀서의 말

모든 이야기는 기본적으로 주인공이 떠났다가 돌아오는 구조를 지니고 있습니다. 이 여정 속에서 주인공은 성장하고, 사랑하고, 대결하며, 희생하는 등 다양한 경험을 통해 우리에게 서사를 전달합니다. 그래서 보편적으로는 여정을 떠나는 '사람'에게 초점이 맞추어지지만, 모험의 플롯은 '여정' 자체에 주목합니다. 모험 이야기의 주인공은 독자들이 실제로 가 볼 수 없는 장소에서, 좀처럼 해 보기 어려운 경험을 독자 대신 겪습니다. 이러한 이야기에서 가장 중요한 것은 일상을 벗어난 공간을 통해 새로운 감각을, 극적인 사건을 통해 숨 막히도록 짜릿한 순간을 선사하는 것입니다.

《우리들의 우주열차》의 주인공 '영'은 엄청난 초능력이나 특별한 매력을 지니고 있지 않은, 대체로 평범하고 때로는 나약한 인물입니다. 이러한 인물이 반지라는 우주 도시에서 가가린컵이라는 우주 레이싱 경기를 통해 모험에 나서고 친구를 구하며 쉼 없이 달려가는 모습을 보면, 현실적인 어려움이나 불확실한 미래에 대한 두려움을 뒤로한 채 같이 달려 나가고 싶어집니다. 이것이 여정 자체, 이야기의 과정 자체에 주목하는 모험담의 힘이라고 생각합니다.

일상에서는 물론이고 이야기의 세계에서조차 모험이란 단어가 사라지고 있는 요즘, 《우리들의 우주열차》를 통해 모험을 다시 꿈꾸는 독자들을 만나고 싶습니다. 그리고 더욱 많은 이야기를 나눠 보고 싶습니다.

감사합니다.

안전가옥 스토리 PD

윤성훈 드림

우리들의 우주열차

지은이	최해린
기획	안전가옥
프로듀서	윤성훈
	김보희 · 신지민
	이수인 · 이은진 · 임미나
퍼블리싱	박혜신 · 임수빈
편집	이혜정
디자인	금종각
조판디자인	최세은
서비스 디자인	김보영
비즈니스	이기훈
경영지원	홍연화
펴낸이	김홍익
펴낸곳	안전가옥
출판등록	제2018-000005호
주소	(04779) 서울특별시 성동구 뚝섬로1나길 5,
	헤이그라운드 성수 시작점 202호
대표전화	(02) 461-0601
전자우편	marketing@safehouse.kr
홈페이지	safehouse.kr
ISBN	979-11-93024-76-8
초판 1쇄	2024년 6월 26일 발행